Maria Iris
Lo-Buono

meu feminino está de prosa

Edição e Consultoria: Rubem Penz
Edição e Revisão: May Parreira e Ferreira
Projeto gráfico e capa: Giancarlo Carvalho
Fotografias internas de autoria da fotógrafa Iris de Oliveira
Ilustrações da capa e internas do artista visual e professor José Augusto Petrillo de Lacerda

---

Dados Internacionais de Catalogação na Publicação (CIP)
(eDOC BRASIL, Belo Horizonte/MG)

M838m   Moreira, Maria Iris Lo-Buono.
         Meu feminino está de prosa / Maria Iris Lo-Buono Moreira. – São José dos Campos, SP: Ofício das Palavras; Porto Alegre, RS: Santa Sede, 2024.

         121 p. : il. ; 14 x 21 cm - ISBN 978-85-60728-93-0
         1. Literatura brasileira – Contos. 2. Poesia brasileira. I. Título.

CDD B869.3

Elaborado por Maurício Amormino Júnior – CRB6/2422

Copyright © 2024 Maria Iris Lo-Buono Moreira

Uma coedição das editoras

SANTA SEDE Editorial

Santa Sede Editorial
Rua Coronel Octaviano Pinto Soares, 445/102
91740-860 - Porto Alegre (RS)
55 51 99123-5540 | oficinasantasede.com.br
@oficinasantasede

Ofício das Palavras
literatura a quatro mãos

Ofício das Palavras - editora e estúdio literário
55 11 99976 2692 | 12 99715 1888 | oficiodaspalavras.com.br
@oficio_das_palavras

Maria Iris
Lo-Buono

meu feminino está de prosa

Ofício das Palavras
literatura a quatro mãos

SANTA SEDE Editorial — selo BALCÃO

Sumário

Prefácio
9 A autora contra o vento

Coração e Ventre
19 Tarecos, amor e açúcar
22 Acaso me deixes ficar
24 Bem-me-Quel
26 O que elas dizem, escreve-se!
29 Receita de família ao ponto
31 Essas mulheres contam

Pele e Alma
37 Não era, mas é
39 As mesmas pedras
41 Canção do idílio
43 Liz vira-gente
46 O buraco na parede
49 Déjà-vu, um anti-vírus

Olhos e Pés
55 A praça é do povo, como o chão
58 Beleza em camadas
61 Outras camadas
63 Meu endereço preciso saber
66 A casa que ficou em mim
68 Quando um certo azul novembriza

Ouvidos e boca

- 73   Você tem fome de quê?
- 75   The dark side of the money
- 78   Boi solto lambe-se todo
- 81   Nem ele, nem eu
- 84   Um gole de Bia
- 87   Tiriiiim tiriiiim

Mãos e Colo

- 93   Castanholas arquivadas
- 96   Noivas e Ciganas
- 99   Caipirinha de tangerina digital
- 101   Abraço de árvore
- 103   Com ajuda dos deuses
- 106   Pai morador

Posfácio

- 111   A autora além da prosa

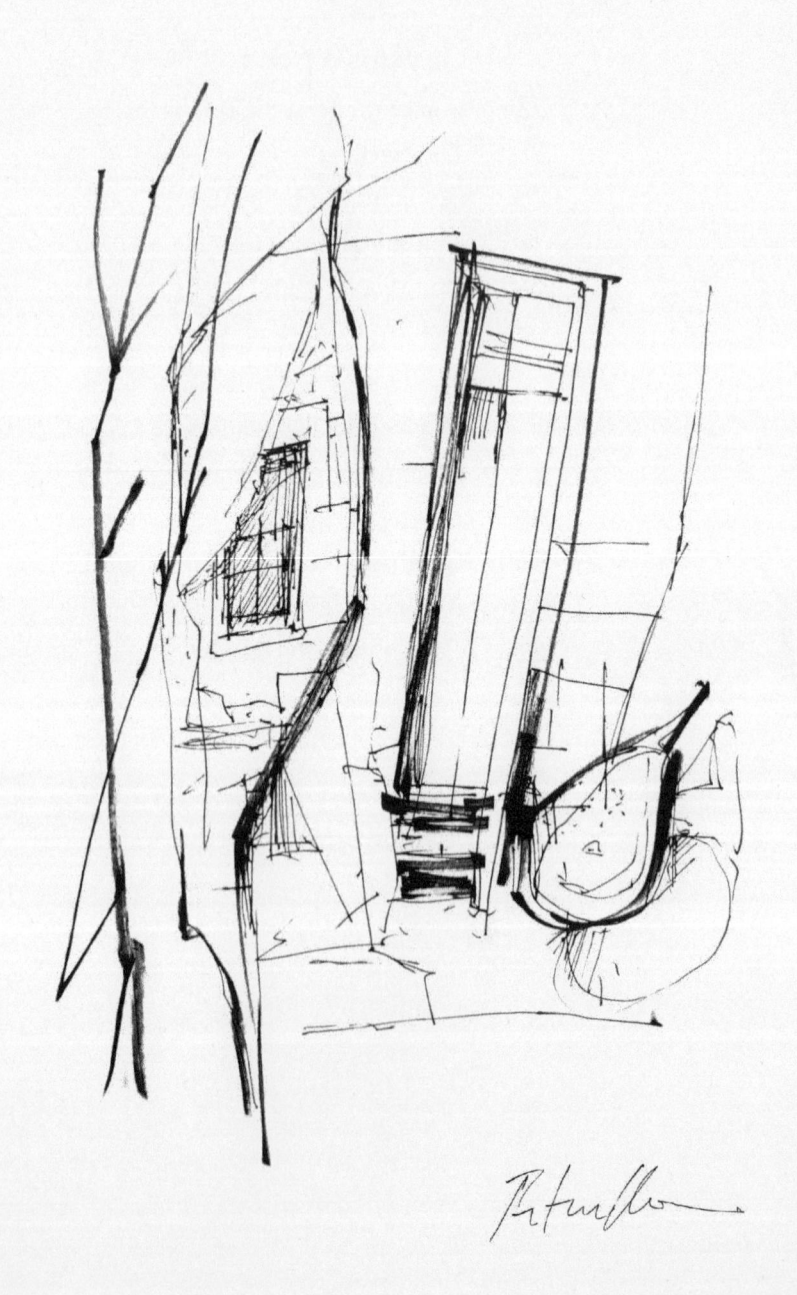

Prefácio

A autora contra o vento

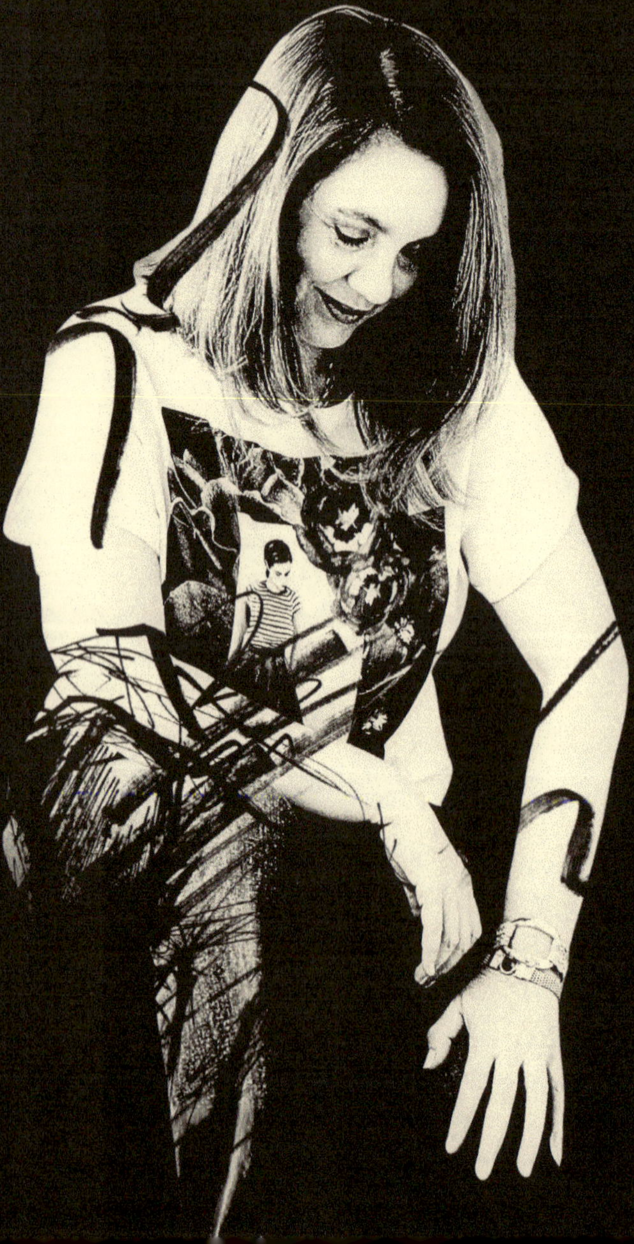

Caçar confusão, disse-me-disse, punhadinhos de insensatez ou coisas fora do lugar têm poder de ímã. E o contrário também. Tudo depende de quem conta, ou melhor ainda, de como replica o que vê. Até porque, qualquer intenção do escritor já sofre a primeira transformação de percepção quando despacha o texto para o leitor de plantão. Quem pode me assegurar que você está compreendendo redondinho, do jeitinho que estou ofertando esse parágrafo? Talvez você tenha subido na esteira de quem queira ler só uma pitada de uma curiosidade beira de estrada, ou deu um sossego no traseiro, aí, na poltrona só por um trago de aberração política pra dar aquela cusparada engaiolada na goela, que só sai depois dessa espiada ventura... pois foi por você, que não dormiu por cem anos como aquela bela do castelo, que em rodapés de folhetins do início do século XX, um outro gênero de vestir a palavra pisou nas passarelas.

Crônica, foi seu nome. Na pia batismal veio ocupar um espaço destinado ao entretenimento. Ainda bem, não é? Pior seria se fosse destinada ao sufrágio da alma. Melhor que naquele cubículo de jornal coubessem palavras com passaporte na mão carimbado e visto ilimitado para uma boa, breve e adorável viagem para o leitor. Afinal, a prosa tinha ardência de brevidade, concisão. Já nasceu assim, meio anãzinha, mas poderosa, a danada! Quem não quer esse bilhete premiado? Foi nessa toada que as *Namoradeiras*[1] deram uma debruçadinha em outras janelas tornando-se mulheres cronistas dispostas à intimidade abrasiva do cotidiano. Dado que grafia, estilo, rebuscamento literário também caem de moda, elas deixam os versos e trazem mais a informalidade brasileira de ônibus.

A crônica não parece um ônibus? Apinha gente que entra e sai no ponto seguinte, gente que se senta porque vai demorar a descer e fica ali, cada vez mais chegada ao narrador (esse aí perde até a parada), se servindo daquele tema. Importa se é ficcional, se a roupa ofertada lhe cai como um brinco? Aquele detalhe, o escondido, o que ninguém viu e nem tropeçou é o que dá liga. Ovo batido

---

[1] *Namoradeiras em Quarentena - Poemas nas Janelas, 2020; Namoradeiras em Terapia, Poemas no Divã, 2021;*

no bolo. Tem de ter mão, velocidade e leveza. E um frescor na exposição da vitrine. Autores sem fronteiras linguísticas. Contra o vento, botam a desabar bandeiras hasteadas enquanto com palavrinhas mais errantes, sem luxo, pudor gramatical, nem casta, habitam os textos sem medo, porque não sofrem por antecipação. O cotidiano não fica inerte como um corpo estirado:

– Ressuscita-me! – grita. – O leitor me quer revisitado, reformulado. Talvez eu precise pagar penitência ou se não for pedir muito, absolvido. Dê-me essa redenção!

Nesse inventário plural de assuntos que outrora as namoradeiras abordaram, não se esconde um baralho inteiro de estímulos urbanos e humanos. Há cartas pedindo para serem puxadas e quem sabe se casarem com as do leitor. Desse modo, um pacto casamenteiro pode até causar uma aliteração entorpecente cutucadora. Um chá quebra-pedras, não há tempo a perder.

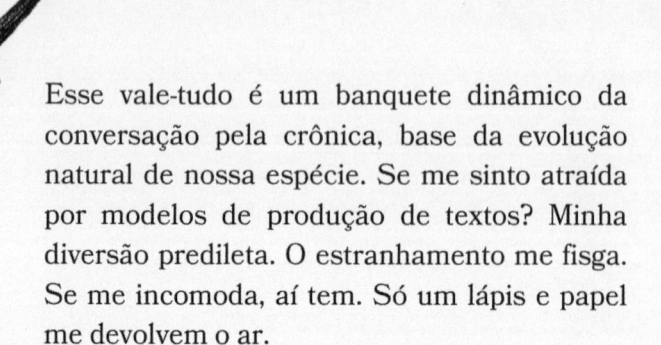

Esse vale-tudo é um banquete dinâmico da conversação pela crônica, base da evolução natural de nossa espécie. Se me sinto atraída por modelos de produção de textos? Minha diversão predileta. O estranhamento me fisga. Se me incomoda, aí tem. Só um lápis e papel me devolvem o ar.

Maria Iris Lo-Buono

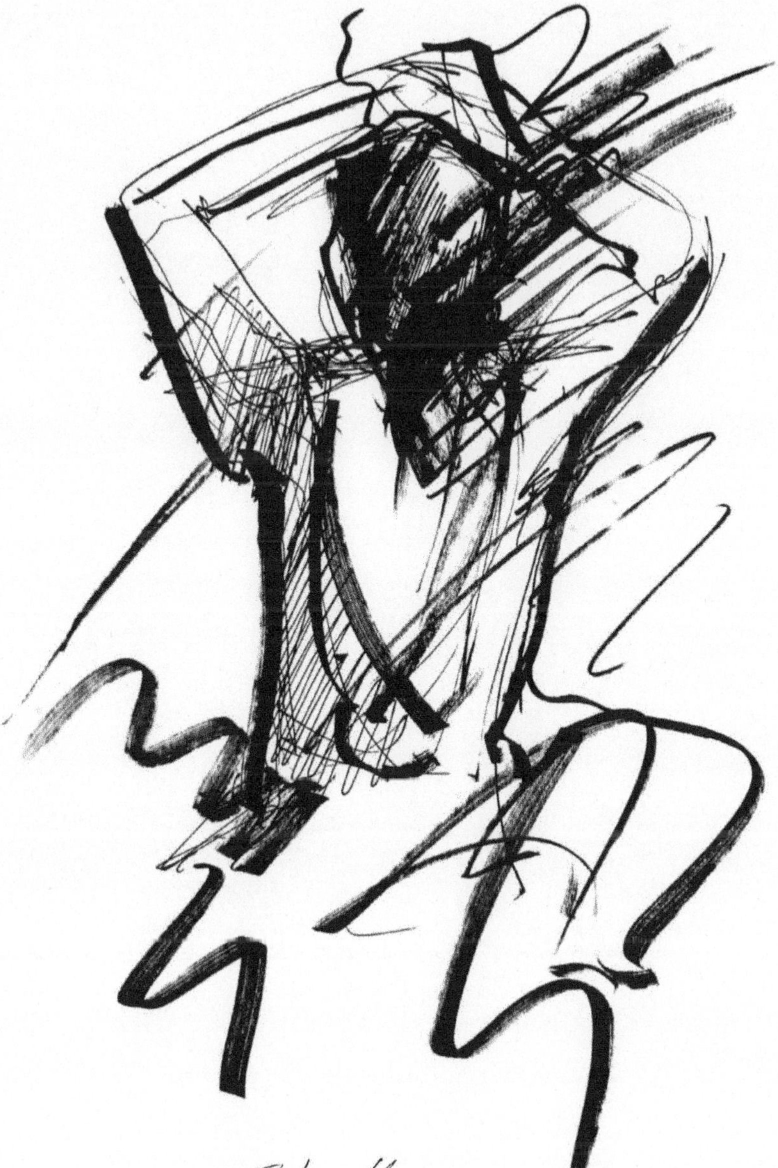

Coração e Ventre

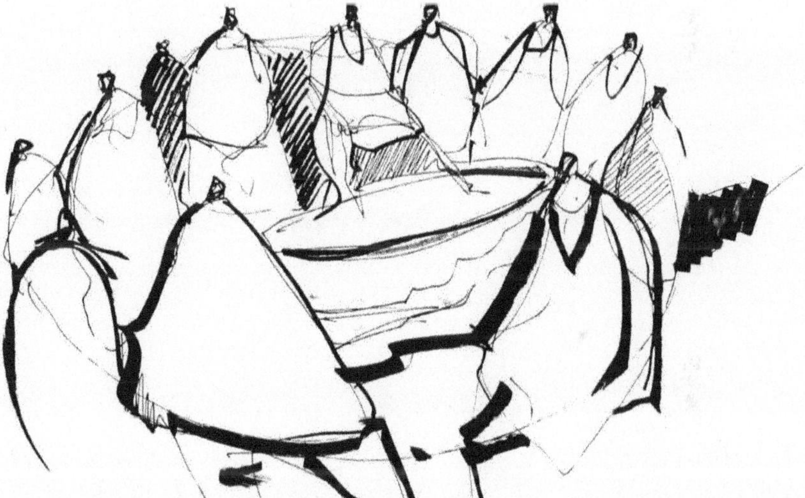

Tarecos, amor e açúcar

Remove pedras e planta roseiras e faz doces. Recomeça
Cora Coralina

Tia Conceição me apresentou a gamela pela primeira vez. Era pra ela como um guarda-chuvas de bolsa a atravessar o verão. Uma gamela besuntada de madeira gasta e lisa como as mãos leves de Tia Conceição. Ficava ali na beira da mesa de pranchão da cozinha de minha avó Adélia. Eram irmãs de sangue e de quitanda. Melhores, nunca conheci. De laços e dotes.

Pão de queijo, tarecos, roscas polvilhadas de açúcar nasciam às madrugadas sob luz de candeia. Para ambas, parteiras dessas delícias, o labor era um bem de raiz, uma herança sem penhora.

Enquanto as cozinheiras juramentadas tricotavam sua prosa, a gamela levava uma surra. Só a casa dormia. Talvez fosse a única cozinha cheirando forno às três da manhã, até antes mesmo da padaria da Lazinha, mesma rua, mesma Oliveira. E sova rosca de cá, escalda polvilho de lá e a gamela que aguente firme sem reclamação (tabuleiro de hoje já fica dolorido na untação).

Tia Conceição trajava uma expressão de rio manso. Licenciada em aceitação e aprazimento, passava procuração de doçura. Eu achava, meninota, que ao pincelar os tarecos com ovo e açúcar, era ela que ia se derramando sobre eles. Não tinha sorriso vedado ou cassado pela vida doída. Sustentava largueza de vistas. Aquela mulher forte, inexausta, sem toque de recolher para si, vinha com seu servir de bandeja com carta branca para a criançada.

Como era apetitoso uma prova de massa crua, posar no canto dela para se atrever a fazer um biscoito passadinho ou moldar uma flor de tarequinho! Isso deve explicar minha paixão por forminhas de flandres para modelar confeitaria, e uma cozinha lotada de latas para quitandas, farinhas, grãos, temperos, araminhos, e uma vontade de aromatizar a vida e semear meus amores culinários! Passas e frutas nos recheios, erva-doce e cidreira de rama para chás e pau de canela nos cantos. A cozinha precisa cheirar sapiência de minha tia baixinha de mãos roliças e dançarinas com cabelos bem presos. Aliás, nem ela, nem vovó pisavam cozinha sem uma travessa na cabeça. Essa preocupação trago comigo. Asseio no ritual culinário, cozinha é um altar de oferendas! Ou se tem amor de grado, bem regado ou a comida desanda.

A favor ou contra o vento ela andou. O rosto de rio manso vazava, por certo. Eu não via, perdoa-me. Aqueles olhos miúdos eram sifões com chave-de-igreja, calafetavam amargura e outras mazelas. Ela tinha lume nos olhos e só. Cantavas para mim no banho de bacia, tia, mas não cantei pra ti.

Para minha tia-avó, mulher de pouquidão (mas só de coisas), ofereço uma farta fornada de amor.

Acaso me deixes ficar

> *Era uma casa muito engraçada,*
> *não tinha teto, não tinha nada*
> Vinicius de Moraes

Mas era. Era uma casa. A Casapueblo de Vilaró. Se começou com as próprias mãos, ladrilho por ladrilho à beira de um penhasco, se demorou, se era diferente, nenhum "se" desfez seu ninho. Era também refúgio do sol. A casa que se dourava a cada poente e que recitava versos de despedida por apenas uma noite. Na manhã seguinte, os braços fartos do sol cansado de ontem estavam de volta, jovem folião lambendo acalorado o morador. Ali era uma casa-porto. Uma casa-amor. Aquele nada era tudo. Porque aquele nada era a casa que alguém podia chamar de teto.

Também outros tetos, sem ou com janelas, com ou sem telhado já foram beijados pelo sol. Porque esse não escolhe moradia, todo abrigo é um lar. Ele é assim mesmo, um intrometido e espaçoso invasor de fresta, de buraco de fechadura ou de bala, de caco de parede que um dia já foi guardiã de família. Podia ser de família de um. De uns que lá não residem mais é uma pouquidão de gente que abandona casa, dessa que tinha fogão pra dar o que comer, dessa que tinha cama, colchão ou palha no chão pra adormecer o lombo cansado. Mas uma vastidão sim, é saída à força. Por perseguição pelo que representam à pequenez dos violadores de direitos humanos. Esse mar de gente de olhos foscos não leva nem a chave, que dirá o retrato gasto dependurado na mocidade dos avós. O terço da tia benzedeira de contas luzidias de rezar tanta aflição não dá tempo de ponhar no bolso. A maçã que a mão de uma mãe alcançou às pressas na fuga e desespero por um salve-minha-vida-Senhor não sacia sua fome, mas Maria do Céu sabe para quem a maçã foi serventia.

Pra onde? Há onde?

Refugiados, seus sobrenomes. Nos conflitos armados de ódio ou de míssil, tanto faz se estragam milhares de eus, o refúgio é um deserto incerto. Porque também tem o fecha-fronteiras pra quem navegou em nau sem bússola, nauseado de dor doída de dolos humanos, depois de ter pulado cada onda engolidora das travessias insanas.

Insanas pra quem? Há quem?

Refugiadas, suas almas. Entregues ao Deus que precisa cuidar sozinho de tanto estrago que Ele não fez. Uma cidade bombardeada de ódio queima histórias na fita do DNA daquelas gentes, fica um oco que perambula tonto. Mas, se o acaso vem agasalhado abrindo braços, brechas, beirais de amor ao desamparado, não mais importa se a casa não tenha nada. Nada do antes.

Um Vilaró, no ocaso, faz o sol da noite expiar os pecados do mundo. Entre sem bater. Não tem paredes mesmo!

Bem-me-Quel

No branco da espuma no verde do mar
Ela é feito pluma solta no ar
Samuel Rosa/Nando Reis

Quando as pessoas deixam chocolate na mesa, as pessoas comem. Confissão da garotinha de cinco anos com um sorriso açucarado, já ensinando que o sujeito indeterminado de uma ação, determinou a resposta de outro, um pouco menos oculto.

Astuta e topetuda tateava o trinco da cancela até abrir e subir de gatinhas a escadaria, aos dois. Parecia um novelo de lã rolando no chão, girava mais que cata-vento em ventilador, a menininha. Olhos redondos qual pomba, espiava os maiores até que espirrassem alguma brecha na roda, dando vez à pequena. Foi crescendo no fermento da baciada. Era a menor da turma do Mediterrâneo – o prédio de esquina do velho bairro São Mateus.

Não tardou para que convencesse o porteiro, o Senhor Natalino, que a atravessasse na movimentada rua do mesmo nome, alegando ter que fazer uma pesquisa logo ali na Companhia de Saneamento Municipal para a escola. Dependia de pai e mãe, não. Uma vez do lado de lá, anotava o nome na caderneta da papelaria por algum presentinho de aniversário da turma. Tudo sozinha. Se alguma reunião para trabalho em grupo viesse encontrar a Quel em casa, a padaria já teria sua encomenda pronta para o lanche. Despachada, roçava a meninice plantando uma aragem ativista. A menor da turma de adolescentes do colégio foi para a Câmara Municipal da "Manchester Mineira"[2] defender direitos humanos. Naquele enquanto, seu sorriso derramou mais claridade de luta. Acho que ela foi ficando dia. Não se demorava em saudades velhas. Mudou-se de ninho. Foi bater asas universitárias. Outros palcos na batuta. Estrangeirou-se. Foi aprender outros falares. No caminho, depurou o caldo de supremacia masculina até a bagaceira. Desbebeu do veneno, pegou a cachorra, carro e estrada e foi pra Bahia. Preferiu as reticências a ter razão diante de muros.

– Desconfio que preciso matar a sede de ar e sol. Até um berço de areia me aquece as ideias. No infinito, depois da crista das ondas, meu pasto é régio! (Posso ouvi-la, longe, em reza de mãe).

Espio a hora e penso nos avessos. Mulheres. Quanto mais a vida nos quer ver pelo direito, nos força o pôr do sol. Nem eu, nem ela e nem tantas somos meia-luz. Crepúsculo tem uma mudez solene, descombina com parideiras de esperança, em choro de algazarra, tenacidade. Quel em transbordo, passa as marcas, raias, arromba passagem. Para nenhum lugar que não seja o seu. E nele, nem as nuvens se prendem ao céu. Conta as palhas de coqueiro. Bem-me-Quel... Bem-me-Quel!

---

[2] Um dos títulos de Juiz de Fora, também conhecida por Princesa de Minas e Farol da América.

O que elas dizem, escreve-se!

*Eu canto porque o instante existe
e a minha vida está completa*
Cecília Meireles

90+

Quando digo que ter uma crença inabalável faz semeadura longeva, provo. E não estou falando de religiosidade (o que elas também têm forte), mas de uma nascente clara que jorra dentro e que faz bússola de vida. Um dogma feminino, roteador de caminho. Ventres maternos em nado de peito e de costas na maré patriarcal que não deixaram desbotar nem rasgar seus mapas em fortes correntes. Ei-las rompendo lacres, ferrugem do tempo e do espinhaço, febres de uma lida fatiguenta. Mãe, sogra e amiga! Estou tomando nota.

A primeira me chegou como quem vem de uma missa:

– Eu pareço a idade que tenho? – pergunta Dona Zezé com voz de água benta. E enquanto as mãos lentas e ouvidos de pouca escuta me trazem pérolas, reconheço que na primeira pergunta está a incredulidade de tanto viver sem naufrágio. Na sequência, ri com vontade de seus 91, que confere ao ver colado na parede o balão da festa passada. E numa ilha de memória, traz:

– Não sou Bonequinho Doce que derrete com água. Chuva nunca me segurou de ir onde eu quis. Fosse para uma compra de casa, padaria, açougue ou para ver Deus. Uma vez me perdi bem longe de casa. Eu não falava inglês, não conhecia o trajeto. Só tinha o nome do condomínio que minha filha morava, muito difícil de pronunciar: Shawnee. Mas voltei. Eu me viro. Sempre me virei. Tudo sempre foi muito. Muito filho, muita roupa pra lavar e passar, muita trabalheira pr'eu me importar com perfeição. O mais ou menos já era meu máximo. Só a fé não era de menos. Agarrada ao terço cresci – ah, se não fosse Ele! – e vou virando páginas. Saúde, minha filha, é nossa maior riqueza. Eu pareço a idade que tenho?

A segunda me chegou como quem chega das compras:

– Já te dei dessas latinhas? – pergunta Dona Emma benfazeja. Enquanto ela faz questão que eu leve um agradinho, me abençoa por encher suas gavetas de presentinhos só para tê-los à mão, como quem serve bombocados de amorosidade a uma visita. Mãos cheias nunca se esvaziam.
– Eu adorava um bilboquê – conta – mas tive que trocar meu cabelo de cachinhos para ganhar um. Chorei quando Dona Orlandina passou a tesoura. Cabelo cresce, minha filha, dizia mamãe. Escondi o choro ao me olhar no

espelho, mas queria ser campeã – sorri e emenda: – Minha mãe espremia a coalhada numa sacola de pano bem amarradinha na pia até ela ficar bem sequinha. Cavava um pão partido ao meio e enchia cada canudo com a coalhada arredondando bem as bordas até parecer um sorvete. Ah, eu me sentava com Wilson, meu irmão, na beira da calçada da lojinha do papai e ficávamos ali, lambendo até a ponta. Ora pouco, ora menos, mas cresci e me casei cosendo felicidade com retalhos simples. Já recebi muito da vida, até festa de 90! Repartir é consagrar. Já te dei ponto de cruz?

A terceira me chegou como quem chega da fábrica:

– Te contei como eu fazia com o que não sabia? Primeiro eu dizia que sim, depois dava jeito de aprender, argumentava com a elegância do vestir e do dizer. Dona Ciléa me recebeu aos 92 desfiando uma cartilha vanguardista. Nunca esperou que lhe ensinassem nada.
– Certo dia uma pessoa me perguntou se eu fazia cacharrel. Nome bonito e completamente desconhecido para mim. Tomei a blusa das mãos dela. Num zás-trás subi as escadas, comentando que o modelo já deveria estar no corte. Fiz tudo sozinha. Do molde à costura. Triunfo! Recebi encomenda de cinco dúzias de cores variadas. A febre das vendas nos levou ao topo. Foi assim com maiôs e biquinis, com comida árabe por encomenda. E ninguém nunca pôs preço no que me custava fazer e nem pus banca para ensinar. Te contei como cheguei no baile de vestido bordado?

Receita de família ao ponto

*Mudam os tempos e os lugares,
mas a liturgia é a mesma*
Rubem Alves

Ingredientes:

- Pessoas que se escolham. Não se acha em supermercado ou feira à venda. Quando você se deparar com esse grupamento, reconhecerá que ali estão os melhores acompanhamentos para o sucesso da receita.
- Amor. A principal liga. Se é pra ser família, vá até o fim do mundo em busca desse ingrediente. Amor que sobre pra besuntar bem, economize não que desanda.
- Tolerância. Na prateleira do amor, ela vem coladinha. Invista na pesagem graúda, peça um choro. Tolerância que permanece sem prazo de validade, fica indiferente ao tempo de convivência.
- Respeito. Carregue a mão nessa caloria e se afaste da versão light ou não fica no ponto.
- Sal e açúcar pra não ficar insosso, tampouco sem afeto. Temperança. Obs: Pra dar mais sabor à degustação, aposte numa boa dose de interação. De maneira bem prática, tudo junto e misturado. Receita boa é receita simples.

Modo de preparo:

Deixe que as pessoas se atraiam naturalmente. Decante a pressa e reserve espaço. Retire os talos de pré-julgamento, derreta paradigmas de gênero, idade, condição social ou financeira. Frite em azeite bem quente os preconceitos. Observe que os ingredientes se misturam como salada mista, como convier. Peneirando mágoas, disse-me-disse e azedume, apura-se o recheio e facilita a digestão no dia a dia. Depois da aromatização com óleo de pluralidade afetiva, a massa familiar vai sendo tocada com leveza sem ficar tão pesada como antigas receitas. Família aerada é mais palatável, tem sabor de harmonia. Agora, se levantar fervura, para o leite não derramar, vigilância.

Tempo de preparo	Rendimento	Valor calórico	Grau de dificuldade
Uma vida	Eterna, enquanto dure!	Quanto mais, mais	Alto para quem não aceita experimentar uma nova receita

Dicas para aumentar o rendimento:

- Experimente acrescentar outros seres vivos que promovam laços de amor: animais, amigos, um parente de idade, um órfão em adoção... sempre cabe mais um fruto da terra à mesa pra enriquecer a consistência.
- Tempere o bulbo familiar com porções de alegria e nacos de bem-querer. A refeição compartilhada multiplica os pães, bem sabemos!
- O melhor arranjo ao ponto é a sensação de felicidade. Regule a temperatura e sirva-se à vontade. Sacie-se.

Essas mulheres contam

Você veio pra ficar, você que me faz feliz
Você que me faz cantar, assim
Marisa Monte

Umas tantas mulheres seriam obras de Monet. Apresentam-se por notória suavidade em pinceladas, deixando leves os traços no caminho. Um certo modo indecifrável a olhos nus. Beija-flores. São serenas sementeiras. Mulheres-jardins. Regam e nutrem o campo até brotar.

Tomei nas mãos uma renda portuguesa. Era Nely. Sorriu-me a semente-cedro Emma, a semente de pequi Ana Rita e a semente Amelinha de lavanda! Saltam da tela e ficam ali admirando a flor. Porque o fruto não é mais delas. São proteção, apoio, tripés. Mulheres-pontes. Atravessam qualquer abismo de braço dado. Vejo tia Mariinha a semear. Estava em todo lugar, brisa perfumosa, sopro de vida para muitos. Aos noventa e nove foi passear além da vista com uma sombrinha...

Se eu jogar mais tinta e giros no pincel, na minha galeria de arte encontro mulheres em ciranda. Movimentar em torno de. Mulheres em Matisse. Inquietas no tempo, dão mais corda ao relógio pra saber de você. Um oi, um conversê, um pode-vir-que-tô-te-esperando! Círculos de amizade lhes dão mais corda ao coração. Ficam ali, no plantio.

Mulheres-vibrantes. Vestem-se de sol e festa, arco-íris na fala e gestos de afago e folia. Misturam valsa e reggae pra dar liga que nem frango com quiabo. Posso ouvir de longe a gargalhada de Mymy, Dri, Sílvia e Suna. Para elas, hoje é o dia. É onde as cores não desbotam com sabão, o ar tremula e pede passagem...

Picasso me chega no repente. Faz entrada em traços rápidos e bem-marcados. Mulheres que não se demoram, lépidas, e mesmo aladas deixam marcas no chão. Atravessam a tela pra fazer alguma coisa além das vinte e quatro horas. E não é que dão conta? Passou Ana Lúcia na carreira e de arrastão levou Clarinha, Márcia e Mari. Arquitetam as horas do dia sem adornos ou supérfluos. A tela pulsa e cumpre a missão. Nem mais, nem menos. Para compreender uma mulher em mote Picasso, admire a pintura como a expressão autêntica do que ela está sentindo. Dia desses lerdei, elas já não estavam mais lá...

E as mulheres de Goya? Não lhes escapam detalhes, deitam o pincel com simetria, cuidando da luz e sombra, cor e contraste. Na rigorosa disciplina de afazeres, o equilíbrio das entregas. Uma arte passo a passo, sem ambiguidade, mulheres-Goya vão servindo a algo além de si mesmas. Para os quadros bem centrados do artista poderia ter pousado Eliana ou esboçado Claudinha. Se hoje, em espaço reservado, ao som de Pompa e Circunstância, Goya fizesse um vernissage, símiles se atreveriam:

– Elas ficaram perfeitas!

Mas aí, na galeria de Dalí, um transe. Desmonte do certo para o talvez. Vagando em fluxo de consciência e desconstrução de si mesmas, a Quel, Shirley, Nina e Monica desmancham-se em espontaneidade, únicas com a experiência. Quem se atreve a fazer uma leitura rasa dessa pintura? Antes que você se arrisque, elas já estão fora da caixa!

Ser todas elas, conectando os pontos. Uma parte delas e já me movo para onde for mais necessário. É quando Marisa Monte me sopra: Ainda bem, que agora encontrei você...

Pele
e Alma

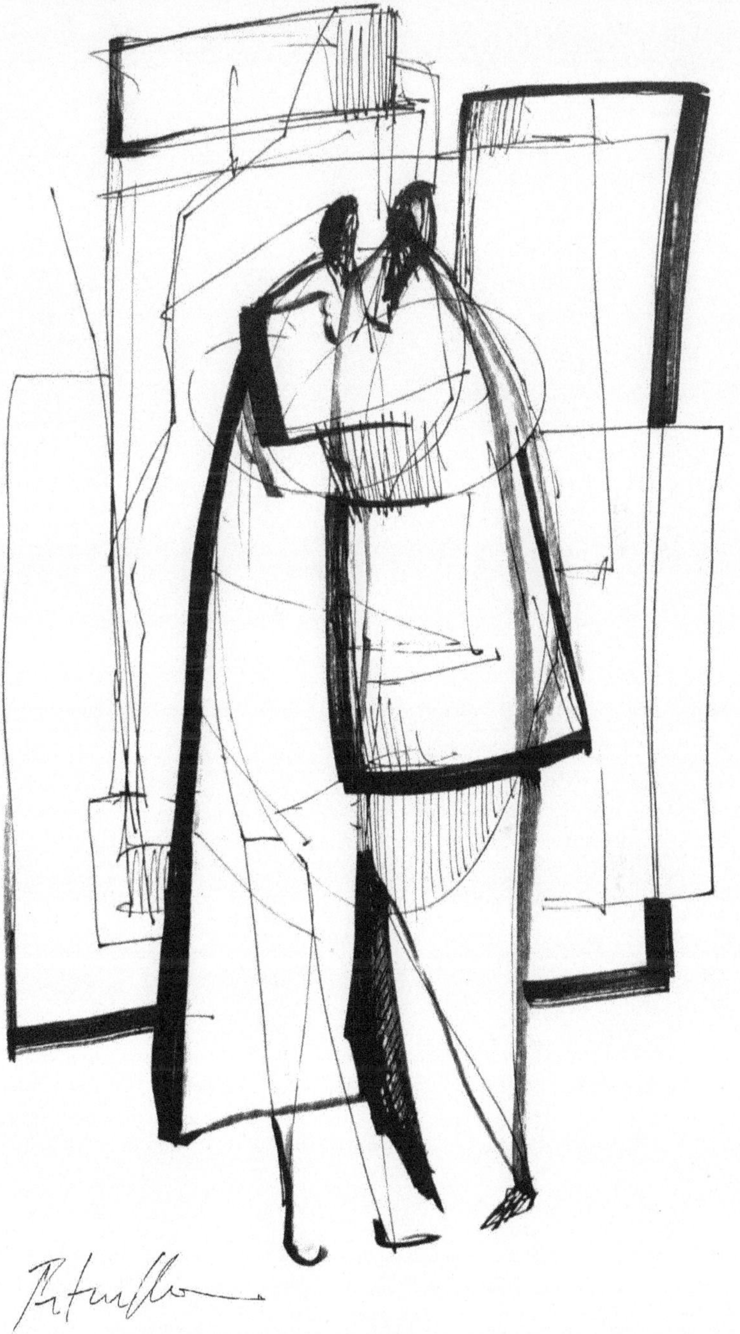

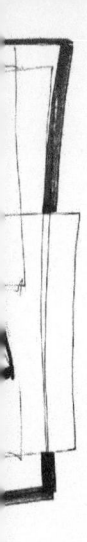

Não era, mas é

*Quem um dia irá dizer
que não existe razão...*
Renato Russo

Ela disse não ao RSVP daquele convite de casamento. Tantos dias no ano pra vir essa superlotação de folhinha! Decidindo-se por protagonizar o treinamento presencial em Sorocaba, comprou presente para a noivinha. Acharia quem o entregasse em mãos. Tinha uma afeição ali não esquecida naqueles dez anos sem se verem. Tampouco com a família. A convivência não era de arroz de festa. Mas a noiva... escrevia o primeiro parágrafo de uma outra história.

Dois dias antes e cancelamento por falta de quórum. Sem Sorocaba, #partiuJuizdeFora! De ônibus mesmo, dois vestidos e o presente ainda por embrulhar. Aquela seria uma festa de rever. Queria tocar em gente do tempo em que lá morou, dançar em roda com amigas, esquecer taça na mesa vizinha, ouvir caso repetido e abraçar uma cidade numa noite. Não foi bem a cidade que ela abraçou.

Antes de toda essa fartança de deleites, melhor cumprimentar os pais da noiva. Primeiro a mãe, que se aproximava linda. E o pai? Estava logo ali, em linha reta. Estava? Foi o desfile mais certeiro para um abraço festivo e demorado em um total desconhecido! E tudo bem se aquele não era o endereço do abraço guardado por uma década. Só trocaram o primeiro nome. Ela se afastou meio sem graça e se jogou na pista sem olhar para trás.

Pelas três horas seguintes de música e drinks, ele tentou retomar a atenção dela. Lançava olhares, volteios, cercanias à mesa de doces até sua última cartada. Encontrá-la na saída da festa forjando, quem sabe, um encontro ainda que de despedida. Obteve a informação que precisava. Ela também morava em São Paulo. Sem trocas de zap ou de esperança. A carruagem estava virando abóbora. Ela desapareceu.

Para ele restava correr atrás do amigo Facebook. Uma mensagem privada abriu conversa, expandiu-se em chats e foi escalonando até que pela ponta dos dedos não se digitalizasse mais nada. Queriam uma experiência consentida de pele. Em uma noite, daquele agosto de 2014, o encontro marcado. Ela, poema em sua aparição, argumento para uma troca de olhares e romance em pretensão, estava ali, por vontade de ambos tomando a primeira cerveja gelada. Coladinhos à avenida Paulista bem ao som de um blues, escreviam o primeiro capítulo dessa história.

Atravessaram juntos a pandemia, ruas, luas, dias de sol e de chuva.
Ele não sabia ainda que manifestaria expressivamente seu amor em um pedido de casamento.
Ela não errou o abraço.

E quem me irá dizer que não existe razão...

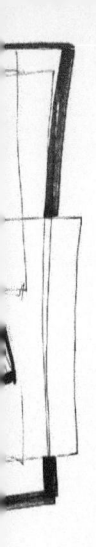

As mesmas pedras

O que é feito de pedaços precisa ser amado!
Manoel de Barros

Dia desses descia a Abílio Soares e curvei à esquerda. Mais uns metros de andação, uma oficina de carros e uma rampa encostada no muro. Não para ela, a oficina, mas para um recorte de jardim à céu aberto, que dava acesso para a rua de trás. Era um recorte de quintal, sim, daqueles da casa de minha avó com direito a degraus cobertos de musgo ladeando a rampa meio esfolada e com a pachorra de umas árvores velhas, caprichosas na sombra. Parei pra admirar o pé de jasmim cheirando minha infância de novo. E pensar que o portal pra meninice mineira se abria naquele retângulo de terra molhada e estava bem ali, numa curva de bairro, de São Paulo.

Muitas pedras lascando o assentamento que já, por certo, foi primoroso.

Aquelas pedras esmeriladas pelo tempo só faziam oferecer histórias. Não as conheço, quisera eu saber de cada par de pés ali pisados. De onde vinham, pra onde ousaram suas vidas levar? Se aquele rasgo de quintal me puxasse outra sorte de lembrança boa, me levaria à Calábria. Foi só fungar mais o jasmim-de-cheiro e eu percorria as ruelas de San Marco D'Argentano. Aquele outubro deixou a tarde cair beata. Eu ali, devota de sinais; sombras e sobras de meus antepassados, me tornavam meninota, como se peralta corresse de calças curtas e boina entre os becos. Eu era meu avô. Passar as mãos em paredes peladas de reboco, enroscar-me numa maçaneta asperenta, sentar-me na calçada até que, de terra, nativa eu fosse. Eu estava no berço.

Muitas pedras lascando o assentamento que ora, por certo, é majestoso.

Eu conheço cada parede e porta. Debaixo de cada soleira, faço minha morada. Por que ninguém me conta onde fora a casa dele? Por que ninguém sabe se nasceu na Meridionale ou na Occidentale? Cresceu entre as duas ruelas que me esperaram melancólicas. Estou aqui, nonno. Cruzei aquele oceano que você atravessou no porão do navio fugindo da guerra. Daquela. Outras ainda atormentam famílias. Sabia que a guerra continua nos homens? Há mais gente com sua coragem e lágrima. Você não gostava de revirar essa história. Sua tristeza de lá eu já chorei. Mas já a gastei todinha até avistar a placa de sua cidadela, nonno Lo-Buono. Saiba que aquela igreja da praça ainda reza missa. Patrícios assam castanhas nas ruas, cantando. Tem pimenta calabresa em cachos na venda, muito doce de figo e nozes. Estou me fartando em seu colo.

Muitas pedras lascando o assentamento que nunca, por certo, me abandonaram.

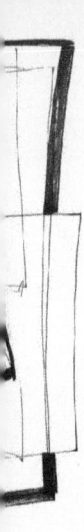

Canção do idílio

Nossa vida mais amores
Gonçalves Dias

Minha fresta de janela
Onde ajeito meu olhar
As castas que tu me dás
Não se atrevem sem eu cá.

Nosso gozo é sem decoro
Nossas caras têm mais cores
Nossos truques dão mais linha
Nossa alma mais tremores.

Em flertar, desnuda, açoite
Mais exposta hei de ficar
Minha fresta de janela
Onde ajeito o meu olhar.

Minha fresta tem apelos
Que tais não disfarço o fitar
Em flertar, sozinha, açoite
Mais exposta hei de ficar
Minha fresta de janela
Onde ajeito meu olhar.

Não permita Deus que eu corra
Do beiral de namorar
Sem qu'eu colha verso ou prosa
Que não há n'outro lugar
Sem qu'inda namoradeiras

Outras venham a debruçar

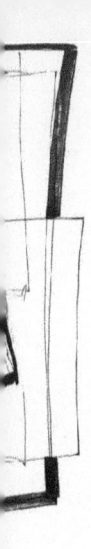

Liz vira-gente

*Cheguei a uma conclusão:
o cachorro é amigo incondicional.
Melhor que muito homem*
Zezé Lo-Buono, mãe querida

Ao meu primeiro cãozinho dei o nome Teté. Só uma foto me conta essa história. Eu com pouco mais de um aninho e no esconde-esconde ele se foi. Prefiro pensar assim, já que ele sumiu da casa. Foi dado a alguém? Diziam-me, meninota, que me lambia muito no berço e que isso não era bom. Depois ganhei o Danúbio – nome que minha avó lhe deu – era bem pretinho, mestiço, baixinho e treteiro. Também tinha muita criança pra ele tropeçar e dar conta de tanto puxa-rabo e importunação. De tal maneira que, numa travessura da caçula, uma dentada do cão sobrou-lhe na face. Foi o último cãozinho pra eu chamar de meu. Depois do atropelamento pelo caminhão, Danúbio fujão foi para a memória de perdas de uma criança. Não deve ter sido muito fácil elaborar uma ausência tão mascote, tão sombra!

Cresci em meio a irmãos e pais (excepcionalmente, minha mãe!) criadores de animais. Peixe, papagaio, maitaca, galinha, pato, marreco, ganso, vacas e bezerros, cavalos e burros e, hoje, até búfalas! E eu sem o menor pendor. Desajeitada mesmo. Arrumo uma dificuldade enorme para colocar uma guia num cãozinho – mesmo ele tendo a maior paciência do mundo – para levá-lo a passear. Cães me atacam, cavalo me joga no chão, gatos me arranham. Liz não fez nada disso.

Adotada com dois meses vinha de maus tratos. Chegou assustada na casa de Quel e Nuria. Cortaram um dobrado para ela entender que nem tudo era de comer. Caminha, coleira, sapato, pé de meia ou mesa, essas coisas pouco gostosas estavam no cardápio dela. Espevitada queria ganhar rua. Parecia desenho animado quando é o cão que puxa o dono em cena acelerada... Liz, de um certo luxo vira-lata – adorava um sofá de sala, uma poltrona de escritório ou um puff acolchoados – chão frio, tapete ou varanda em céu aberto nem com convite endereçado!

Liz quer o calor das coisas e das gentes e o devolve com uns olhinhos de baba-doce. Dia desses, ela não teve cerimônia em se aconchegar comigo enquanto eu tirava uma soneca da tarde. Eu, cansada de viagem – a turistar num recanto da Bahia, onde ela também está passando uma chuva, deitei-me em lençóis limpos sem fechar a porta do quarto. Não tinha lhe dado confiança para aquele salto à moda felina e, na manha, se acostelar comigo. Acordei em brasa, como quem tivesse se enrolado em cobertor de inverno. Era ela espichadíssima, costas com costas, espreguiçando-se como se de manhãzinha fosse. Minha filha ria, não era pra menos, pois eu xingava e me sacudia toda ao mesmo tempo que não mais acreditava em cenas impossíveis, desabando de rir pro dentro! Claro, que não parou por aí. Liz e eu. Eu e Liz.

Passei a levá-la todos os dias para o primeiro alívio matinal. Já me esperava abaixando a cabeça sabendo da minha demorança em acertar a fivela, o lado, a posição da corda. Para a retrátil então, a tolerância dela me impressionava.

Eu não mais podia posar para uma foto, ela vinha como amiga de viagem desejando postar no facebook. Era eu encostar no sofá e se fazia almofada. Se não lhe afagasse, ela pedia mais com a patinha. Só me arranhava a fala. O que dizer?

Há sempre um dia de despedida esperando pela gente. Eu tinha que voltar para casa. Naquela manhã, de dentro do carro, ela não me olhou nos olhos. Talvez aquele mar estivesse profundo demais para eu entrar...

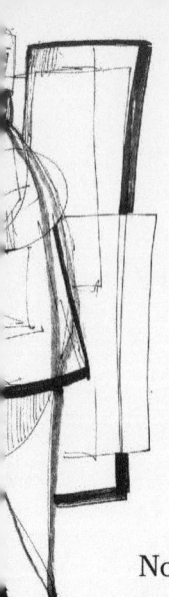

O buraco na parede

*O avião decola contra o vento,
não a favor dele*
Henry Ford

Nos tempos do bairro Santo Antônio, em Belo Horizonte, o hábito de passar pela Rua Leopoldina, da igreja dominical para casa eram favas contadas. A mãe tinha mãos para uma penca de cinco filhos. A mais crescidinha mal podia esperar pelo prédio de pastilhas grená, que exibia uma meia parede dando acesso à entrada lateral da portaria. No design, um buraco elíptico a um palmo do chão era um convite para ela, a primeira a passar por ele. E seguiam os irmãos naquele vai e vem até um ralhar vir do alto:

– Já chega, pra casa!

Mas a maiorzinha não. Só passava uma vez e já era outra. Uma outra de si mesma. Aquela eu que seguia com a trupe pra casa ia adiantando um favorzinho para a outra de mim que permanecia do lado de lá do buraco. Enquanto eu, a crescidinha, do outro lado do buraco já estava nos "States" – como dizia meu pai – aquela outra de mim corria a conferir os postais sob o vidro espesso da escrivaninha do escritório de casa.

Era lá que ambas (a que olhava os postais e a que atravessara o buraco) se molhavam dos respingos das cataratas do Niágara e, na monumental queda d'água, transitavam entre Estados Unidos e Canadá. Era só eu menina passar pelo buraco, pé lá, pé cá. E como voltar da temporada americana sem sobrevoar os laranjais da Flórida? Antes eu sobrevoava o teto de luzes da Times Square pra me colorir de Nova York e virar pirilampo, quando então tocava o Empire States e quase me espetava na coroa da Estátua, que me dava essa liberdade... Ah, o cheiro cítrico do sumo ao descascar uma laranja ainda me joga do lado de lá do buraco!

E aquela eu – do lado de cá do buraco – de olho nos postais ainda sussurrava para a do lado de lá:

– Não se apresse, porque por aqui, já é hora do banho!

E no acorda-levanta-cresce-dorme da menina o buraco encolheu.

Até que ela moça, do lado de cá da parede, experimentou uma pane. Várias. Uma hiper reação sensorial muito similar para água e altura concomitantes. Ao passar por ponte pênsil de uma catarata brasileira; ao subir a estreita escada caracol da Estátua da Liberdade para o topo; ao tomar elevadores de prédios altos com vista panorâmica para enseadas. Teria a menina que atravessou para cá deixado a outra lá? Talvez a moça não tenha se dado conta o quanto aquela menina fora corajosa.

Soube, bem mais tarde, que se tornaram tão amigas, a moça e a menina, que têm se permitido passar muitas outras vezes pelo buraco da parede. E não é aquele, do prédio de pastilhas grená da Rua Carangola.

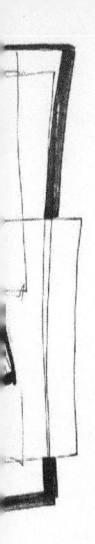

Déjà-vu, um anti-vírus

Tudo que a memória amou já ficou eterno
Adélia Prado

Presente e futuro se transformam numa cena só. Quem nunca contou assustado que podia prever cada "frame" daquela cena, como se tivesse dentro de um filme que já assistiu? Estuda-se daqui e dali, teses científicas e psicológicas se amontoam em laboratórios de pesquisa, ressonâncias e cada um vai ficando com a teoria mais conveniente.

Foi na revista Super Interessante que, certa feita, li o que poderia significar déjà-vu – acesso a memórias nunca antes registradas pela consciência, como passar por um extintor de incêndio enquanto você sobe distraidamente a escada e, em outro dia, quando olhar conscientemente para ele, terá a forte impressão de já tê-lo visto. E fica ali conferindo. Em estado de estátua humana.

Achei graça da montoeira de parágrafos disputando explicações. E não é que me peguei na frase que dizia "o presente fica parecendo uma memória"? Foi um arremesso direto para minha tese que se inspira nesse fenômeno. Mas antes do deguste – mesmo que você não ache lé com cré – estava lá, bem apostolado em outro artigo de internet que caiu no meu colo, as relações de causa e efeito sobre o ambiente versus a genética influenciando certas características comportamentais. E tome outro desfile de entrevistas com doutores no assunto, quando me agarrei feito bicho preguiça em árvore naquele pedaço de fala que dizia: "O fato de a gente compreender que há a tendência de funcionar de certa forma não é uma sentença ou um destino inexorável". Cumé que é?

Agora vou despejar o tacho quente. Deixa os dotô lá um tiquinho e se achegue mais, que meu papo agora é contigo. Se aquela carga genética que você recebeu não achou jeito de se expressar, se seu ambiente-cercadinho não abriu porteira pra você escancarar que era filho de peixe, espera só pra ver se pode concordar comigo.

Dona Chiquita tinha um pai afobado com força. Não gastava sola de sapato porque vivia voando. Tanto era, que quando avisava que iria passar por lá, lançava mão do mesmo refrão:

– Se tiver café coado eu tomo, se não, fica pra depois, que hoje eu tô de Herodes a Pilatos!

E a filha emendava:
– Tô sempre atrasada.

O neto Hélio, que nem o avô conhecera, repetia pra quem quisesse ouvir:

– Avião não espera, Hélio Moreira também não.

Não tardou para a bisneta Ana Lúcia botar mais lenha nessa fogueira e rodinha nos pés. Bem antes que você desperte pra mais um dia, o almoço dela já está pronto, roupa lavada, ginástica feita e voltando do supermercado com um vinho cabernet, crente que teria comprado um carmenére.

É aí que junto as pontas. Ana Lúcia anda por aqui me apressando pra coar o café quando ainda faz a curva lá na estátua do "Deixa que eu empurro"[3] do Ibirapuera. E eu, dando boas risadas, boto água pra ferver enquanto penso que não adiantou papai, vovó ou o biso terem feito a curva da estrada. Estão todos em déjà-vu pra evitar que o arquivo "traços de família" seja corrompido.

Ah, vovó Chiquita – o café foi servido na xícara sem pires, em pé, no fogão!

[3] *Monumento às Bandeiras*, de Victos Brecheret

Olhos e Pés

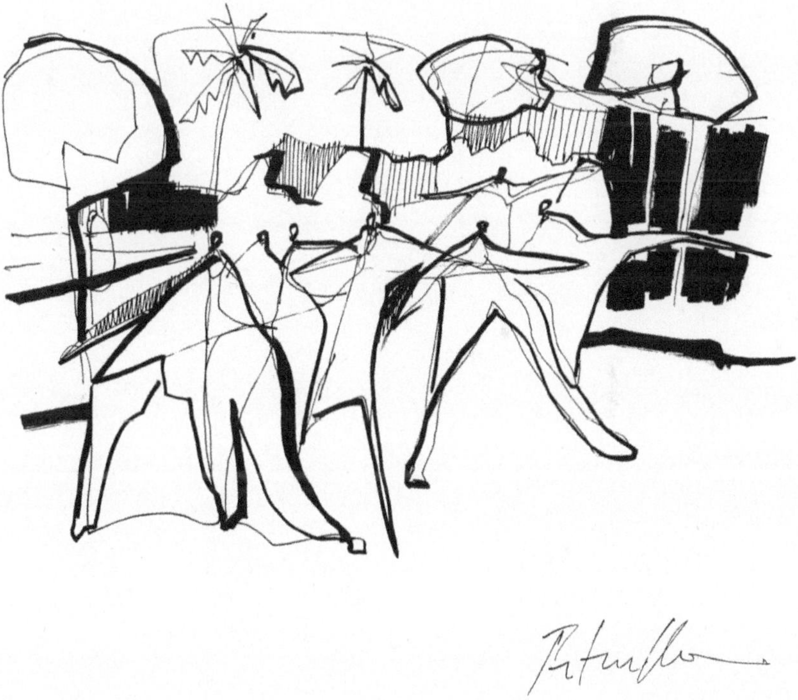

A praça é do povo, como o chão

Eu não trabalho, eu me divirto
Alberto Garcya, coreógrafo, idealizador
do @projeto_todo_corpo_danca*

A praça Carlos Gardel que não abriga tango, me distrai e me espera todos os dias. Fica ali na descida da Abílio Soares rumo ao Ibirapuera, intervalando meu caminhar. Minhas voltas são alvissareiras. Cada dia uma novidade, feito a folhinha de Mariana, da casa da vovó. Descobri que meu vizinho Sr. Cleito levou mudas de palmeiras para ali plantar. Hoje, elas adultas e imperiosas são maiores que prédios. Ele, centenário e agradecido, ainda caminha sob suas guardas (as árvores certamente o reconhecem!).

Os territórios são muitos. Nas pontas, bancos pachorrentos. Nos entremeios dos jardins pedrinhas aos pés e uma cabeleira de altas copas verdes. Por ali, o prato do dia está no velho jornal de papel lido sem ruge-ruge, folha por folha. Peraltice da maior banca de revistas do bairro, gazeteira que só, fica alimentando o desejo do passante a uma sentada esparramada sem ingresso num daqueles bancos rotos. Nem acho que é do tempo, é de serventia mesmo. Não abrem a boca pra contar do recesso de ninguém que se aquietou roendo dois quartos de hora para si... No meio, o fuzuê. Aos quatro ventos, música, vozes de comando e de chacoalho, passos e ritmo me fisgam.

Gastei um tempo sem saber se o grupo de mulheres que flutuam livremente seus gestos acompanhando a malevolência do professor seria local. Se moradoras da cortina de prédios de uma margem da praça ou se a aula teria ingresso livre pra quem quisesse se juntar. Hoje, já sei como tudo começou. Fui lá e me abraçaram feito araucária. Um abraço-convite. Um vem-pra-cá-você-também. Pois fui gingar com elas meus balangandãs foveiros, sacudir a poeira que, por intromissão, tivesse dormido comigo!

Menu vasto. Roquezinho e baladinhas chamam-pista à vontade, tem salsa, samba, forró e reggaeton. E mesmo que Beto, o professor, esteja marcando o compasso, vale o que a música conta pra cada uma. Assim, enquanto Skank descreve um "vestidinho preto indefectível", a moça da frente joga pra roda o ritmo que a "dominou no primeiro olhar" e a senhora da rabeira quem sabe se "fecha com outros sonhos". Não há correções de passos, de rota e velocidade. O ponto alto daquela dança de praça vem da diversão em movimento. Estão todas ali para fazerem exercício? Talvez tenham se inscrito jurando que seria pra baixar o colesterol e o atrevimento da glicose que deu de subir; talvez pra fazer o sangue circular e prevenir engarrafamento pro sistema cardiovascular, só que não.

Não tem ninguém ali, na prática, interessada em queimar gordura de avant-première. Mas queimar uma outra fogueira de coisas:

– O que meu corpo quer falar? Do que hoje ele se enfezou? Botar livramento nessas angústias que rezam um rosário no ouvido da gente. Chutar descomedida bem pra longe uma regra plastificada de quem eu deveria ser. Estou rebolando de vestidinho preto ou longe sonhando outros sonhos sem medo e sem pudor?

Uma hora se passa dessa dança sem teto. Uma hora se ganha com essa dança afeto. Mais uma volta comprida na praça e encontro buritis. Palmeiras altas, fruto doce.

Beto-palmeira frutifica saúde chão de praça.

*Acessibilidade social na dança. Ajude a promover essa causa!

Beleza em camadas

*Realce, realce
Com a cor do veludo, com amor, com tudo
De real teor de beleza
Gilberto Gil*

O salão de beleza estava sob nova direção. Só a bela casa ampla de dois pavimentos, ricamente adaptada ao contexto e iluminada como um dia de sol carioca, não sabia ainda do desafio de alinhar culturas. Os costumes de quem ali já trabalhava se juntando ao jeitão de quem estava de chegança. Talvez pressentissem a onda renascentista a multiplicar esperanças.

Os proprietários, ao deitar âncora, não apearam sem bagagem. Vestiam-se de arribada. Tratar de camadas de beleza como as estações do ano. Nenhuma igual e todas com suas flores ou frutos, brisas ou ventos. Impermanentes, passam a vez e retornam mais belas.

Mas afinal, um salão de beleza não é um salão de beleza? Cabelo, makeup, unhas e outras vaidades. Secador barulhento, cheiro de acetona e de tinta com amônia e aquela visão do inferno de cabelos no papel alumínio ou amansados em rolinhos com uma perna no colo de alguém assentada rente ao chão e uma mão esticada com asa aberta para outra boa alma a esmaltar dez longas unhas... Também. Em nome da beleza de tradição, ou da imposição, ou da necessidade de ficar bonita se e somente se bater o ponto na hora semanal.

Não seria melhor se embelezar fosse um verbo conjugado sem qualquer pressão, sem carimbo de passou-no-teste-da-banca, em geral de mulheres a ditar a direção do olhar para a raiz do cabelo da outra, para os frisos do calcanhar exposto na rasteirinha de pé nu, para as sobrancelhas-centopeia e mão desalinhada. Com o que mesmo?

Foi assim que fui convidada a abrir um desfile de moda casual numa tarde de sexta-feira no recém-inaugurado salão de beleza. Beleza em camadas. Posso não ter controle sobre o significado que algo pouco comum possa ter para uma cliente que está a fazer as unhas e por ela, no descostume, atravesse uma passarela para um desfile. Mas posso levá-la a conquistar significados bem menos acessados e tão luminosos e frescos como as unhas molhadas de um esmalte novo.

Sem pestanejar, fui me apropriar primeiramente de como o espaço físico conversava comigo até que eu me sentisse envolvida pelo espaço emocional, que deixasse cada cliente livre para escolher outros níveis de prazer. Projetei a imagem de uma rosa petaluda, que se dá conta de suas camadas de pétalas quando abre a roda. Eu iria fazer cada um e cada uma querer olhar para a própria corola.

A ideia era não parar os serviços. Apenas o olhar. Cheguei mais cedo, como faço sempre que vou palestrar para aproveitar as deixas do ambiente. Uma luz, uma cor, uma curva, uma porta, uma senhora imóvel por uma toalha na cabeça, outra de frente para o espelho. Adoráveis ingredientes para analogias. Ainda que eu tivesse um roteiro, o improviso era condição pensada para descrever a beleza em camadas. Por quê?

Porque sentir que algo é belo está no filtro do olhar. Está no toque que aquela experiência produz. Eu, mais do que todos, precisava traduzir o que aquela modelo, que começava o desfile (uma pessoa comum, cliente da casa – melhor ainda), extraía de belo para mim. Eu me abria à provocação para então estendê-la ao salão. Peguei o microfone...

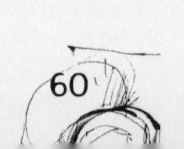

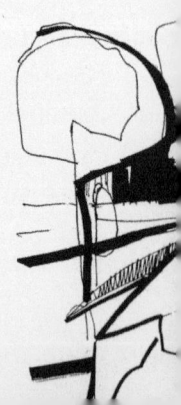

Outras camadas

Dondoca é uma espécie em extinção
Rita Lee e Roberto de Carvalho

Eu já sabia o que fazer. Desfile on. Foi só a moça entrar entre cadeiras e espelhos em traje longo e fluido de malha – uma onda no quebra-mar – que me despertou a vontade de arremessar as pessoas para dentro de uma outra camada de sensações. Surfando os movimentos da modelo na passarela, no ritmo dos passos eu ia soltando:

– Talvez a sensação de uma roupa que acaricia seu corpo pela suavidade que a trama traz te envolva como esse creme em luvas de pelica – a cliente perto da porta tinha seus pés amaciados pela pedicure (seus olhos amoleceram).
– Talvez pelo caimento que te abraça por inteiro – e eu em dança com minhas mãos na forma da toalha moldada nos cabelos da senhorinha... (os ombros desceram desarmados).
– Talvez pelo jogo de cores que te remetam a uma história feliz! Te vejo sentindo-se bela pelas escolhas que fazem sentido para você, mesmo quando são invencionices – eu olhava nos olhos refletidos da moça de frente ao espelho, já longe dali.

Nesse instante, levei-as à camada do aconchego:

– Como naquele dia em que deixou uma outra pessoa banhada em riso com o acerto que teve no presente de aniversário. Quem nunca disse: você adivinhou! Afinal, o que é a beleza? Eu exclamava já acolhida dentro dos olhos das pessoas!

– Não seria essa conjugação do que vem de dentro com o que transparece por fora? E tudo bem por onde você começa. Cuidar-se é um adorno que comunica a todas as suas partes que você se importa consigo. Por isso, não é sobre uma camada de esmalte.

A essa altura, a modelo relaxava-se absolvida por si mesma do amadorismo, também em corola aberta. E eu comunicava a pretensão daquele casarão com novo nome e visão. Estava aberto o templo da beleza como um espaço para se sentir plena ou pleno. Para acender vontades esquecidas na xícara do chá bem servido ou no capuccino preparado na hora.

O que eu vi ali foi uma troca de lentes para apreciação do próprio mundo. Pessoas se deixando levar por uma rotação mais lenta, editando pensamentos, transformando a rotina das sextas de salão em possibilidades, desfadiga e âncoras adoráveis.

A ordem do dia foi: não é sobre Vênus, Apolo ou Afrodite. A obra-prima que expressa beleza enleva-se a partir de algo que te faça sentir bem e que esteja ao seu alcance por sua escolha!

Outro dia, do passeio da rua, ouvi sanfona. São João serviu quentão e laços de fita com livros de poesia.

Outras camadas.

À equipe do Hair Club, SP, palmas!

Meu endereço preciso saber

E quando eu tiver saído para fora do teu círculo
Tempo, tempo, tempo, tempo
Caetano Veloso

Na fila do caixa do supermercado, uma viradinha para trás e me deparo com uma cena muito familiar. Pra você não? Uma mulher com voz assustada e gestos inquietos como quem procura alguma coisa, virava-se para o funcionário e dizia apavorada:

– Meus óculos, não encontro. Você viu?
– No seu rosto, senhora.

No respiro de alívio, também uma vontade de esconder atrás da gôndola de tomates, sentenciei. Ninguém a veria, tal corada ficou.

Enquanto eu enfiava as compras na sacola, ia enumerando quantas perdas eu faço por dia: óculos pra perto, chaves, celular (campeão), carteira, óculos desktop, cartão de crédito, copo d'água que acabei de encher, lixa pra unha (essa tem pernas) óculos pra longe, pinça de sobrancelhas (já tenho dúzia e meia). Sair à procura até que é um tira-a-bunda-da-cadeira, mas não deixa de ser pedra entre os dedos. Via de regra, um provérbio ramerrão vai sofrendo adaptação: "Para achar, tem que procurar".

Lá vou eu criando estratégias mais visuais, quase estridentes, para que pulem os fugitivos às minhas vistas. Contudo, melhor eu perder as coisas e no chicotinho queimado sentir que vou ficando quente do que no pique-esconde eu contar até trinta e eu não me achar mais.

Nunca me esqueci daquele poema. Uma colega de oficina literária foi soberana. Suas palavras de alta voltagem me esbofetearam:

"Não saiu para comprar cigarros.
Nunca mais voltou." (Liniane Haag Brum)

Na concisão, me desarmei. Como discutir com esse poema-faca que desliza desencadeando coisas e mais coisas na gente? A intencionalidade espirrada na cara. Palpitação. Eu fiquei ali no corpo a corpo com a palavra, trazendo pessoas de dentro do poema pra bem pertinho de mim.

Veio tia Edna, depois tia Lulita e tia Mariinha. Ninguém saiu de casa. Ninguém voltou pra casa. Vaso sem flor. Quadro sem tinta. Bordado sem cor. Edna em casa era ramalhete fresco, perfumoso; adornava ardidos e coices da vida, risava para espantar destampices. Lulita em casa pincelava arco-íris na moleira da gente até rasurar uma tristeza amoitada. E Mariinha? Nascedouro, soleira e batente. Mariinha-casa, cordão, linha, rosário. Em casa, bordou nossos caminhos por horas esquecidas, sol sem ocaso.

Vinte e oito... vinte e nove... trinta. Pude! Iris atrás da estante, te achei.

A casa que ficou em mim

Confundo a vida ser um longa-metragem
O diretor segue seu destino de cortar as cenas...
Ana Carolina

Tem certos lugares que o pescoço vira pra rever. Naquele dia não achei o que procurava. Na movimentada avenida Rio Branco demoliram o casarão. Eu conto.

Bem no bochicho de Juiz de Fora, me espiava mudinha aquele exagero de casa. Ficava lá, toda embrulhada num tropel de trepadeiras determinado a confiscar o resto de cinza pálido das paredes rameiras. Alcovitando a janelinha de vidro partido do sótão de telhado bem pontudo, empertigava-se uma dessas árvores desajeitadas, querendo se eleger pinheiro para um Natal, quem sabe.

Tinha um semáforo sossegado bem em frente de quem vinha do outro lado, rumo ao parque Halfeld. Eu, quando ali, aproveitava a fleuma e só fazia olhar e olhar de novo em midríase, como quem passa em frente a um cemitério toda arregalada pra se espantar com aquilo que nunca aparece. Era um soturno grave que corria o dia em continência.

Quem tosquiava o pequeno arbusto do jardim em ponta de lança roliça atravancando a passagem de quem entra? Bobagem, acho que ali ninguém entrava mesmo. Ou se entrou, não mais saiu. Mas tinha verde nas folhas e as folhas não demoravam no chão. E o tal arbusto estava sempre impecável, liso feito picolé. Quem?

Eu pensava naquelas bruxas só vistas de chapéu e narigão borrando uma lua bem redonda em vassoura de piaçava. Eu pensava no jardineiro idoso, do suspense *Os Outros*, ajudado pela Sra Bertha Mills, a serva, também morta. Eu pensava que talvez fosse o garoto assustado de *O Sexto Sentido*, que se abrigava nos decibéis agudos do boulevard, para não ver mais seus medos... E eu me azeitava daquela bizarrice toda, apetitando tamanha invisibilidade.

Mas era uma casa-mãe. A despeita de meus devaneios de roteiros cinematográficos, o roer dos anos bem mascado naquelas paredes poderia contar histórias de gerações a passarem por ali.

Demorou um tempo, um tempo já bem rouco. Então me decidi. Atravessei a calçada, destravei a tramela do portãozinho sisudo, abracei demoradamente o arbusto gordo, reverenciei o candidato a pinheiro de Natal e toquei em adágio a campainha.

As buzinas e alaridos daqueles punhados de gente emudeceram atrás de mim.

Entrei.

Quando um certo azul novembriza

Se acaso anoitecer, do céu perder o azul...
Djavan

Eu também perderia o meu amor. E seria para o invisível e manso e lento e lerdo ataque de células que desistem de uma normalidade sadia e devagarinhando se desgovernam destruindo o tecido de uma próstata que por tantos anos lhes deu morada. Lá vão elas se bandeando pra selvageria anônima sem deixar um aviso prévio, uma carta sobre a mesa, um recado com o porteiro. Não é assim que tantos homens são pegos com a calça na mão, quando começam a desconfiar que aquela vontade recorrente de urinar não satisfaz completamente a corrida ao banheiro? Mas eu não o perdi. Nem ele se esconde atrás de tabus culturais.

Tabus. A começar pela cor definindo códigos de gênero. As pessoas nem perceberam como foram tragadas a usar a etiqueta para o lado de fora pra deixar bem claro seu sexo fenotípico. Outubro rosa e novembro azul. Para tudo que vou chamar à atenção:

– Ei mulheres, olhem para os arranha-céus, luminosos, estátuas, mídia, vitrines que setembro já dormiu e o mundo é cor de rosa por um mês até o finzinho! Opaaa, homens dos quatro cantos, agora são vocês... mas deixa azular bem, que é pra ter certeza que esse mês é macho! Embora a polarização entre azul e rosa anda cada vez mais questionada, já foram tantas as associações endereçadas às pobres cores atribuindo-lhes o peso de carregarem estigmas, que viram coisas de tratamento de massa. Se não botar uma placa de rua sem saída, por mais beco que pareça, as pessoas vão na toada e depois resmungam da manobra que serão obrigadas a fazer.

Pra tudo tem a tal da simbologia, do sinal-âncora, que faz com que a pessoa se lembre do que não se atenta sozinha. O ponto não são as cores. É essa necessidade reme-reme de fazer chamada externa para o que deveria ser uma decisão interna e consciente. Ainda que fosse outubro laranja e novembro verde, ou a dobradinha amarelo e roxo, sem uma associação prévia arbitrariamente escolhida para filas heterogêneas dos sexos, ainda há muitas mulheres e homens e demais gêneros na sala de espera. Não se levantam por si mesmos amarrando o próprio barbantinho no dedo. Esperam pelo luminoso rosa-choque do obelisco da cidade ou pelo Cristo em azulão abrir seus braços misericordiosos. Prevenção de que mesmo? Eu não estou sentindo nada. Se procurar acha...

Antes do céu perder o azul, ainda se vê horizonte. E pode ser rosado.

Ouvidos e boca

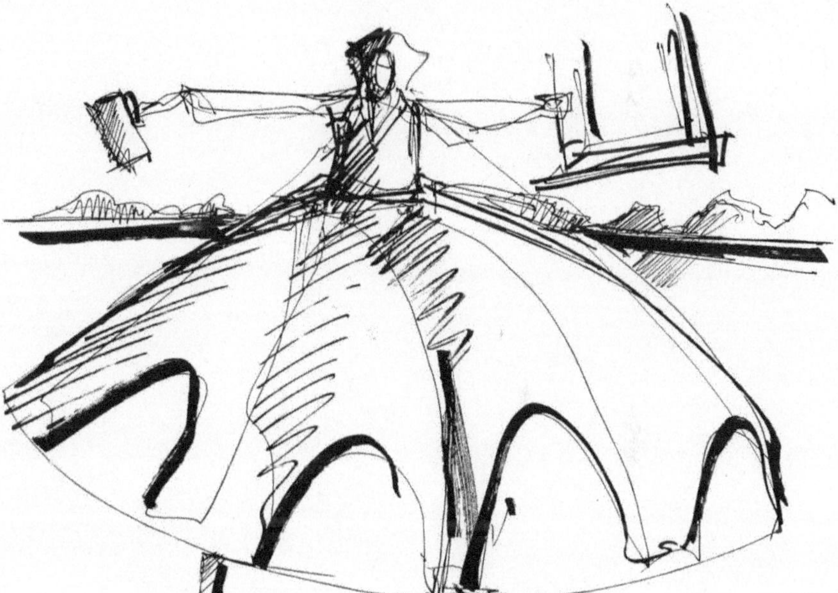

Você tem fome de quê?

A gente quer saída para qualquer parte
Titãs

Sensação de fome não passa só com comida. Pode ser fome de outra coisa. Tá todo mundo cansado de saber que o corpo fala, mas quem estaria disposto a parar para escutar seus sinais internos de insatisfação, se andamos num frenesi de deadlines? Se o pensamento papagueia uma OS de hands-on a time out para qualquer ação do dia, como é que vai dar ouvidos aos incômodos mais íntimos? Quando o corpo parece calmo, em estado de lago-espelho em dia sem brisa, incrível como vamos nos acalmando também. E todos os comportamentos de velocidade vão perdendo força. Então, por que não provocamos isso?

Eu tinha uns doze anos. Crescia bem redondinha. E como toda criança, aprendia rápido. Aquela eu lá, talvez você também, não discutia. Ia repetindo o modelo, ou decodificando as regras para a minha satisfação emocional. Eu só queria ficar bem. Você aprendeu que tinha que comer tudo, raspar o prato para não jogar comida fora? Ou ainda que, se terminasse aquela tarefa chata, seria premiado com um doce ou seu sorvete preferido?

Acontecia comigo. E as comidinhas mais gostosas iam se tornando recompensas para as situações que eu não sabia lidar. Ora comia tudinho para não desperdiçar, ora comia um tanto mais pra espantar meus fantasmas. Mastigar aquela fatia gorda de geleia de mocotó e voltar à cozinha para mais uma lasca antes de engolir a primeira, era uma rota conhecida. E tudo que me chateava desaparecia naquele vai e vem.

Eu não sabia que podia contestar. De engolir uma vontade de dizer não junto com a sobra do prato, de associar gostosuras à medalhas por algum bom desempenho. Eu aprendia do avesso. E aí eu experimentava o quanto mais, mais!

Assim, a garotinha de doze anos foi se abrigando no patinho feio e se escondendo. Atrás dos óculos mudos, cabelos domados e vestidos mais compridos que a idade, ficava à margem com medo de água fria. Até que se sentiu atraída por uma música. Não era cheiro de comida, não impunha um goela abaixo. Deixou-se conectar livremente com a melodia até que se reconhecesse nela. Já se abria para outros encantos. Alimentava-se de solos de guitarra e contrabaixo. Fazia prazer em descobrir tribos de rock, de falar pelos cotovelos e cantar junto. Foi apurando a qualidade das escolhas de seu pensamento acerca de quem era. Roqueira-cisne esbelto em lago-espelho. Comer já podia ser um ritual de escuta. Um ato íntimo com um riff de Jimi Hendrix ou David Gilmour.

Se as pausas dão mais sentido à música, qual o seu nível de pressa em esperar pelo refrão?

The dark side of the money

*Num certo momento da vida,
devemos escolher de que lado estamos*
Roger Waters

1974

No intervalo do recreio de escola, segui uma música que vinha de um gravador de fita cassete. Como quem é atraído por um cheiro de café fresco, aquela trilha também era. Uma única faixa me sorveu, um surrupio instantâneo. Meu presente de Natal e economias de adolescente para a coleção inteira de Pink Floyd. Aquele viria a ser o maior álbum de todos os tempos da história do rock, *The dark side of the moon*, nas paradas desde março de 1973. Do lado A, a minha eterna paixão *The great gig in the sky*, uma lufada de ar pra vida da gente pelo grito feminino e melancólico da voz emprestada de Clare Torry. Tinha que ser uma mulher!

Mas aí, você virava o cebolão, lado B, e barulhos ritmados de moedas caindo numa caixa registradora se fundiam à tônica embalante dada pelo baixo de Roger Waters e entrava *Money*. Entre o engasgo da avareza, prepotência, autoritarismo como efeito colateral do domínio que o dinheiro traz sobre o homem, as ironias do compositor baixista ainda fazem eco no coro de multidões de fãs e daqueles mais atentos ao rodo compressor do capitalismo selvagem.

Money, get away! lança o crooner num tom bem alto pra quem dá conta de não entrar em dicotomia com *Money, get back!*. Quem? Seria a demanda consumista um ato inconsciente? Consumir-se. Quando o excesso de qualquer coisa corrói a própria vontade de não consumir. Não gastança. Não destruição. Não poderio. Não desrespeito. Não desigualdade. Não exclusão. No desfilar da letra de *Money*, esse não revela o dilema humano. O lado sombrio que não derrete com os milênios. Que nunca fica démodé. Haverá sempre uma briga pelo pedaço de torta!

Enquanto ativistas espirram ainda de qualquer palco do mundo sua aversão aos malabarismos autocráticos, uma vasta obra que é cantada há quarenta anos de como o consumismo não pode preencher o vazio, os efeitos devastadores da opressão ganham escala com ditadores. Se os tijolos de *The Wall* são a petrificação dos abusos, das violências impostas, também são nossos julgamentos e omissões. E o que temos pra hoje? Tijolos que fazem um contorcionismo verbal mostrando o peso das palavras nas relações internacionais, moldando a realidade, distorcendo os fatos e manipulando corações e mentes nos países e no mundo como bem nos escreveu Eliane Cantanhêde em crônica política no Estadão[4] ainda bem

4 *Jornal O Estado de S. Paulo - Estadão* | *06/03/2022 - versão digital*

atual (porque distorcer realidades é ato que nunca envelhece).

Se a guerra é por poder, já escolhi de que lado quero estar, meu caro Waters! Do outro lado da lua. Aquele, de luz!

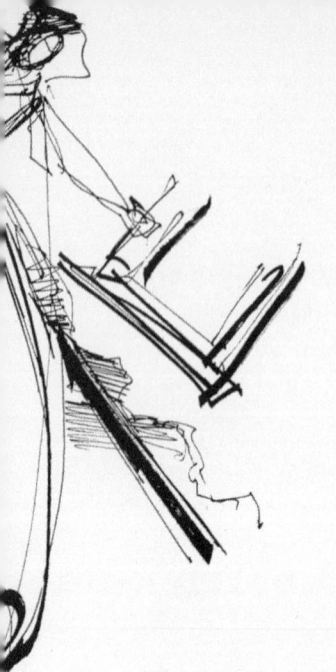

Boi solto lambe-se todo

Tô por aí, mas não tô à toa.
Respeita as mina, porra
Ana Cañas

Ela seguia pela Tutoia faltando pouco para atravessar o Pontilhão da Vinte e Três. Como adora um circuito diferente, não se contenta com praças e parques e pistas só pela alcunha de serem mais adequadas às caminhadas. Porque as passadas são mais cadenciadas por ali, não significa lugares menos monótonos. Às favas com mesmices. Ela gosta mesmo é de saracotear a cada dia por um trevo, novidadeira que só!

Roupa de malhação, tênis, boné e mãos abanando. Lá vai ela cadenciando um molejo. Uma travessa, duas e à direita da calçada, um caminhão da companhia de energia da capital está estacionado. Dois homens de colete e tarja laranja fáceis de ver, um mais novo enrola fios lentamente sobre o passeio e outro, descendo da boleia, caminha para a traseira. Não tinha como não ouvir, dois segundos ao passar pela comitiva que nos dá a luz de cada dia:

– Gostou, Seu Bartô?
– Ô!

Um riso desconcertado, assim meio desenchavida escapou dela. Um riso de canto de boca. Tava mais para uma expressão desapontada usada incontáveis vezes: Mas será o Benedito? Sim. Pois incontáveis são os códigos de atrevimento disfarçado. Criatividade brasileira diriam uns, (provavelmente a própria bancada masculina) afinal, deixar passar sem comentar? Nunca, né? Uma claudicação no currículo, pá de cal na machidão. Olheiros em pescaria, um olho no vento e outro na maré. Os postes – de rua – podem esperar para terem seus fios erguidos.

Ela não perdeu passadas, nem verteu emoção barata. Seria um parto prematuro de xingamentos. Preferiu a desconstrução do pensamento. E quanto mais pensava, mais tinha vontade de rir. Essa vida febril de bole-bole é um desassossego infatigável. Homem não desadormece da prova de homem. Nunca passam direto nessa escola. Estão sempre de recuperação. Triste sina. Esse serão apressa a vida. Mulher pode apenas ser.

Já pensou quão rigorosa essa banca é? Feita de homens a desaprovarem a si mesmos. A única competência como prova de valor é um pescoço entortado a medir rebolado. Passa com louvor se o bem-afortunado a vista sacia e, em súbito acesso, não disfarça o fervedouro. Como se a turbulência chacoalhada com as mãos no repente disfarce, deixasse de constranger a acuidade perspicaz de uma mulher...

Aquela, ainda perambula absorta dessegredando a camuflagem masculina. Soube que variou itinerário. Foi circunvagar o lago do Ibirapuera. Os patos, por enquanto, só grasnam.

Nem ele, nem eu

Você é uma criança do Universo
E tem tanto direito de estar aqui
Rita Lee e Paulo Coelho

Quando Dona Pata chocou aqueles cinco ovinhos, um alvoroço tomou conta do quintal. Lentamente, um a um rompia a casca e desengonçado se aconchegava sob as asas da mamãe. Menos um. Aquele ovo maior. A vizinhança se dividia entre saudações e predições nebulosas. O que haveria de ser aquela demora cabulosa do sextozinho?

Enquanto os recém-nascidos se plumavam de amarelinho e sacudiam o traseiro pé cá pé lá, ao retardatário, nada de pressa. Estaria ele receoso de um futuro desgarrado, cinzento e sem ninho? Do jeito que as coisas vão, menos é mais. E desde quando a mãe natureza pede bença?

Dona Pata até se entusiasmou quando um trincadinho rompeu barreira e trouxe à luz seu último filhote. Mas quem? Quem era aquela avezinha parda e desjeitosa que dava o ar da graça?

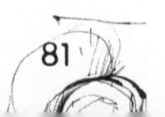

– Não pode ser meu, esse feiinho!
– Alguém deve estar fazendo uma brincadeira com a senhora, balbuciava Dona D'Angola!

Qual nada, aquele atrapalhado ou atrapalhada podia ser eu ou você, que não se reconhece no espelho da rainha má, que não se percebe como mais um pacotinho de prateleira, que não se encaixa em modelos de beleza e estética numa trilha com antolhos a limitar a visão de mundo.

Ainda hoje todo o galinheiro se incomoda com a feiosidade. Das carijós cocorejando alto, ciscando areia nos olhos dos outros, aos pavões em leque que despejam seu colorido na cara dos mais desbotados, como se pra ser garboso, só se igual for. Ao de origem, ao que veio antes, a uma linhagem.

Não. Aquele patinho tinha mais fé no seu taco que os prematuros de peninhas vistosas. Sei muito bem o que é ser desprovido de boniteza, olho azul, cabelos lisos de brilho sem precisão de condicionador poderoso. Sei bem mal o que é crescer sem gordurinhas, ser chamada pra daminha de casamento ou desfile de primavera de escola. Patinha desairosa não faz a mocinha, tampouco fada.

Em meio a tudo, crescia a ninhada. O feiozinho de lá, a desgraciosa de cá. Habitavam outras atitudes neles, batiam asas ainda que a redondeza as tentasse segurar. Ciscavam mais longe, rompiam a cerca do mundo. Só queriam acompanhar o sol até o poente. Não que o mexerico, o disse-me-disse, esse toma-conta-da-vida-dos-outros deixasse de existir como poeira depois da faxina.

Tanto o patinho desairado, quanto a deselegante, batiam de porta em porta na esperança de acharem sua praia. Talvez nela, uma tribo de desalinhados tivessem muito mais prumo, prosa e paz pra serem eles, eles e nós, nós.

Mas o tempo passa pra todo mundo, não é mesmo? Patinhos amarelinhos continuam patos depois de grandes, guarnecidos por sua branquitude. E os sem pedigree? Talvez a beldade reflita cisnes não ornamentais, mas cisnes de uma elegância despojada de opulência e talco.

Há quem diga, que a dupla da feiura se mascarou por tempo demais e que não se enxergava bela. E você, acredita nisso?

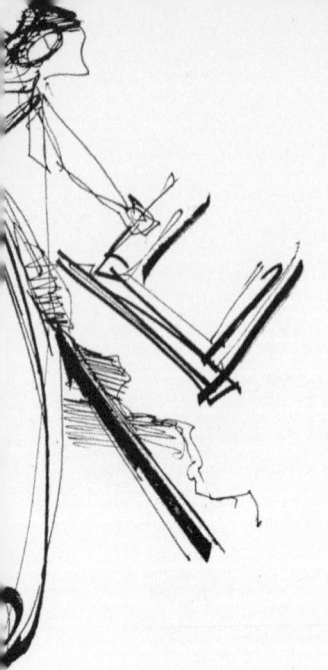

Um gole de Bia

Longa vida às mulheres lindas de morrer, mas mulherão é quem mata um leão por dia
Martha Medeiros

Umas tantas mulheres ficam em mim, como um retalho crochetado de colcha bonita. Dou-me livre acesso a uma particularidade de cada uma para vencer etapas, cartas de baralho na mão. Já explico. Nessa rapsódia, vou me transformando na mulher necessária. Minha carta régia de alta estima tem sangue lituano.

Bia conheci na Universidade quando panelinhas se formavam e eu, na ordem alfabética do grupo das Marias, já era não era Maria-vai-com-as-outras, era Maria sem ninguém. Outros excedentes se juntaram a nós, o último grupo, bem aleatório de convivência e biografias. Fomos para a prática da medicina ambulatorial. O calendário era contínuo e as férias condensadas, talvez por isso, nos tornamos suco e substância.

De braços abertos, dispunham-se os olhos de Bia. Derramavam um verde de maré baixa espontânea, com propensão para o exagero. Passavam além do limite da suavidade ou da franqueza. Aquele verde, rasgadamente transparente, desconhecia o requinte da hipocrisia. A boca de Bia falava pela porta dianteira, o que os olhos antecipadamente não faziam mistério. Como eu gostava de sua coragem desnudada, sem mais cá nem mais lá, pra fazer qualquer coisa. Ainda hoje penso que ela botou cadeado no medo e nas bocas do mundo. Não na minha, tolerando meu palavrório de légua e meia. E sem abreviaturas, todos os efes e erres nos fizeram vigorosas e obstinadas mulheres que amam uma patuscada!

Numa daquelas férias estreitas, de fusca lotado de gente, limões da roça e garrafão de cachaça, Bia guiava debaixo de uma chuva sem tranca. Nenhuma lei concebe mais licença para uma viagem daquelas. Ancoramos em Guarapari, destino talhado de molde pra mineiro, depois de ouvi-la cantar Amado Batista e Almir Rogério pra desespero das sardinhas em lata. Toxemiados, apeamos.

O dia do frango nadando na cerveja que levou doze horas pra ficar pronto perdeu para o banho de xampu que ela me deu e rendeu escorregão pra quem viesse me salvar no box. Se ela encasquetasse com alguma coisa, duas forças se somavam: determinação e diversão. Tempos depois fui constatar que essa combinação aparecia em muitos empreendedores com mais sucesso e felicidade colados como grude. Bia é fogo no céu a vida toda!

Mais de trinta anos sulcando nossas faces e assustando a juventude de pele se vão, mas incapazes de beliscarem sequer nossa anarquia. Se meu dia pede benquerença, Bia. Se mais ousadia, Bia. Vou acrescendo meu Biotônico bendizendo os fados e carregando os fardos. Ao menor sinal de pena de mim, tomo uma gota e já faço logo pouco-caso da coitadinha. Cartada de mestra!

Bia de cara virada para bajulices, censuras, preconceitos e outros indecorosos insultos é tão certo quanto um Zap trucado. Para ter a vertente verde fazendo serão de amor, desarme-se. E tome um porre de lealdade. Desse, nem boldo com losna, desopila.

– Mais uma Bia, por favor!

Tiriiiim tiriiiim

Eu tô te explicando pra te confundir
Eu tô de confundindo pra te esclarecer
Tom Zé

Tá na hora. Tô precisando levantar dessa preguiça e botar pra quebrar que a vida tá me esperando. Tem gente que diz que ele é um mal necessário. Eu já acho um bem muito conveniente, desses haveres que ressuscitam um sonado. Meu dia não começa sem ele ali, bem à mão. E olha que já experimentei ficar na orfandade, deixando a natureza agir por livre comando, assim como um rio que corre para o mar, ou uma criança que cai antes de andar. Mas comigo o tombo foi grande. Compensa não. Já dei com portão fechando por pouco na cara, gastando reserva de pulmão pr'aquela prova de vestibular; perdi a escalada, que acelerou o penta Brasil peitando a Alemanha, na final da copa 2002 ao raiar do dia no Japão; errei o aeroporto do voo, que saía com a turma de trabalho pr'aquele grande Summit nos EUA. Sem ele? Fico não.

É com esse que eu vou... porque sem, não vou a lugar algum. Um pulo da cama já me infunde vida nova. Adeus letargo, é espora no dia e fogaréu no palavrório! E pensa que é só no cedinho? Bobo d'ocê que não lhe dá confiança.

Servo fiel, guarda-costas de papa, sabe a hora que eu preciso de um reforço. E é só um cadinho, dói nada não. Não perco mais nada com essa alegoria de salão. Boto o bloco na rua sem pestanejar. Aliás, já até assuntei. Uma resma de gente já vive em união estável com ele. Escanteio só para o sagrado dormidão de cada noite, afinal, coruja, que eu saiba, já nasce com pilha. Precisa dele pra quê?

Se tem um fulano fácil de achar, é o dito. Em qualquer esquina e de todo preço. Não se avexe não, que brasileiro faz caber no bolso. Tem dos baratinhos, assim meio mixurucas, mas prestam pra resolver aquela pendura, aquela dívida de sono imediatista. Bota ele pra quebrar, que ao menos de pé, fica! Ah, mas se há crédito por uma delonga, uma espichada a mais no requinte, não falta no mercado o da melhor qualidade com preço de ouro em pó. Afinal, se é de presteza pr'uma vida inteira, por que não gastar uns tostões a mais desde a cabeceira?

Não faz muito, era dia de vagareza. Churrascada, gentarada e viração de cachaça. Pernas girando qual bambolê, caçando um canto pra espichar. Faltavam vagas no sofá. Na mesa, copos e pratos feito farinha e gente esperta pra arrumar, cadê? Passou hora inteira e mais ¼. Só sobraram Maria e Zé. Mas nem Maria nem Zé queriam o calvário da arrumação. Só tinha um jeito, fazer tocar o despertador: traz logo o coador, que só o cheiro de um bom café já bota metade em pé!

Do outro lado do mundo até clareou. Foi meu café, ah, foi.

Mãos
e Colo

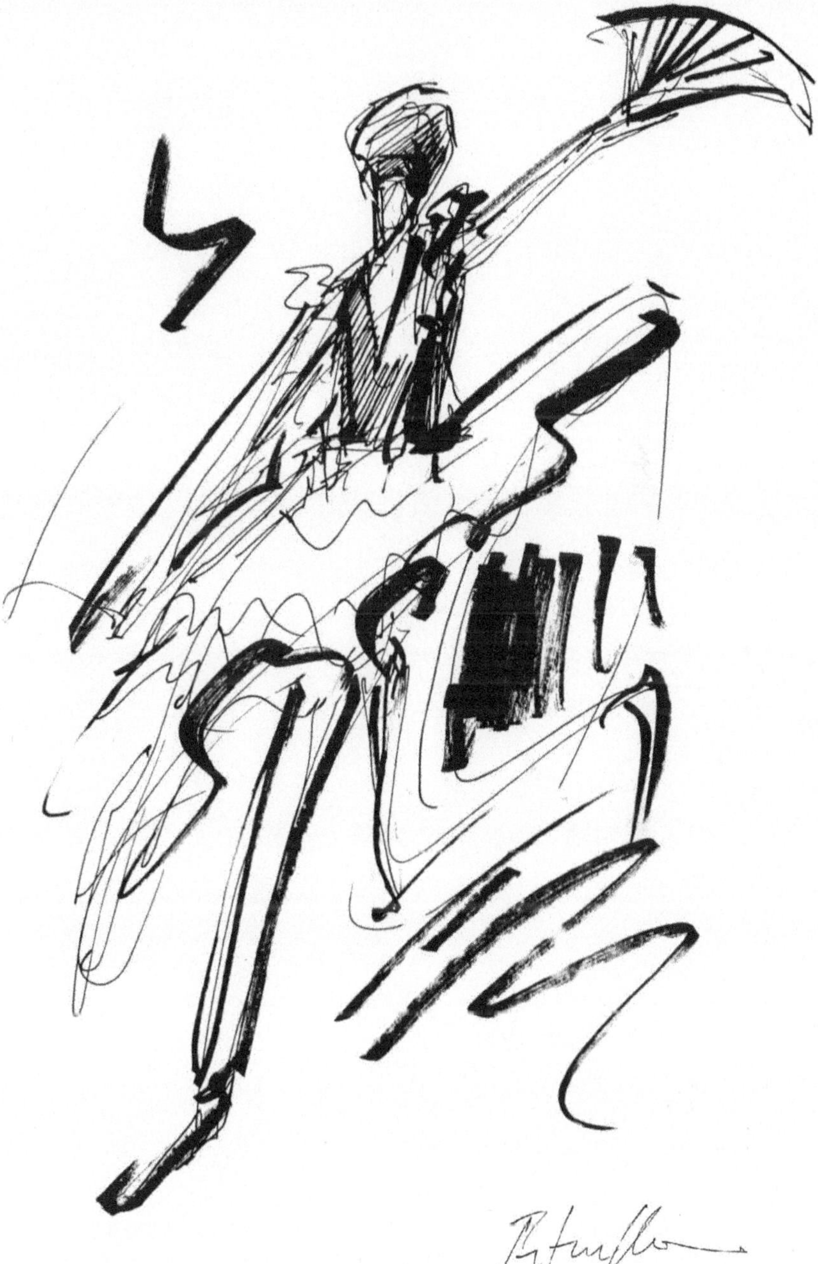

Castanholas arquivadas

*E a única coisa que me espera
é exatamente o inesperado*
Clarice Lispector

Bem distante daqui, a pequenina Torremolinos. Duas semanas do final dos anos noventa pontuadas no meu currículo de maravilhamentos. Fui estudar e sassaricar naquela província de Málaga. Acordança imprescindível. Quem vive sem folguedo? Nada menos que a Costa do Sol espanhola, sol que me servia de frente até tarde da noite. Noite? Eu me azulava de céu até perto das dez. Vivia perdendo o jantar do hotel, já que a bola de fogo ainda distribuía raios quentes nas perdidas caminhadas à beira-mar. De perna grossa, mineira que sou, subir e descer morro, me deu fôlego de menina. Algumas Ouro Preto, Oliveira, Serro e "Diamantinas" já me aconteceram com seus caracóis de pedra pé-de-moleque, em estreitezas que me voltaram vívidas nas ruelas abraçadas à encosta. Descobri que gostava daquele ajuntamento de casas apinhadas de "escaleiras" levando a gente pra mais perto do céu. Um volteio ritmado, chuleio de pernas.

Andaluzia. Adoro esse nome. Misto mouro e cigano nas curvas acentuadas das estradas, fortalezas e danças. Fui pega aí. Aquela noite seria flamenca. De taxi até Fuengirola – de trem seria apaixonante demais, o tempo nos escapou – fui com um grupo de colegas forasteiros sem mapa ou bilhete comprado. Onde os nativos gostam de ir quando querem sapateado e um choro de castanholas? Bendita indicação. Longe, muito longe do bochicho. Perto, muito perto do tablado!

Era uma casa simples e sem placa. Do portão de entrada até o quintal, passamos dentro da vida daqueles moradores. Alpendre, sala com bibelôs, cristaleiras e montoeiras de fotos e trecos espremendo a passagem dos espectadores. Um a um, descíamos uma escada estreita até o palco mais acolhedor em que já pisei. Era tudo uma coisa só. Mesinhas e cadeiras coladinhas debaixo de varais de roupa, vasos de flores pendendo das paredes de azulejo com lanternas de pouca luz, jarras de sangria desequilibrando das mãos fartas daqueles dois. Multiversavam como garçons – pai e filho – guias turísticos, e dançarinos. Versáteis na agilidade, figurino, jeitos e trejeitos magnetizavam meu olhar.

Tudo acontecia em frações. Era uma noite de quatro quartos. Uma noite inteira, um quarto de órbita ofertado aos goles, como um teatro sensorial em palco giratório. Mas... nada girava, só eu. Aqueles dois podiam ser muitos ao mesmo tempo, desde que as cordas do violão vibrassem rápidas e chorosas apressando o sapateado na estreiteza das mesas. Havia um ar cortado, um espasmo desfrutável na batida de saltos, como se nos tomassem trôpegos em delírio por mais rompantes. Eles já sabiam.

Exageravam convictos. Movimentos vigorosos cresciam em desafio às dançarinas de trajes vermelhos. Duelo de olhares e rodopio de saias. Esfregavam o cetim do fru-fru na vulnerabilidade da gente. Ora eu voltejava nos braços das espanholas serpenteando minha vontade de abanar leques inquietos, ora eu respondia em ardor pelo tablado pisoteado.

Não me lembro do retorno ao hotel. Há motivos para crer que uma travessa com flores tenha adormecido em meus cabelos com um véu. Indícios de que as curvas de Andaluzia endossam um bailado.

Na minha mala de volta ao Brasil, um par de castanholas.

Noivas e Ciganas

Uma parte de mim é permanente:
outra parte se sabe de repente
Ferreira Gullar

O casarão se espichava no alto da colina. Imponente feudo de vidas passadas e presentes nos móveis calados e bem postados. Prateleiras, gavetas e gavetinhas abrigavam livros cansados, deitados pelo tempo... Taças esguias e pratos e copos e bebidas com poeira intocada habitavam cristaleiras de uma nobreza de museus. O novo também morava ali, bem mais acanhado, abrindo alas para o olhar estupefato dos novos visitantes.

Demorou pra chegança na porteira. Uma turma de amigos ia se achando em volta da mesa de dormente, no avarandado com cobertura de trepadeira e troncos rudes. O aniversário de cinquenta anos do irmão do meio selava os tempos de infância e fazia do dia, noite e da tarde, dia. Entre os revezamentos no desempilhamento de copos na pia, revirada de brasa pra espiar ponto da carne, uma taça de vinho levantava-se de uma borda a outra e a conversa ia caindo na risada. Vez por outra, um rodopio para a história de dentro. O casario em desfalque de zumbidos de gente ia viver um outro capítulo.

Os aposentos se multiplicavam no corredor largo, onde os passos batiam em cadência surda nas longas tábuas enceradas.

Naquela noite de festa, quatro mulheres se esquivaram do salão sem velas ou candelabros. O último quarto. Porta fechada, mas destrancada. Uma escuridão em cativeiro pedia alforria. Sinistramente amontoado de cestos, de caixas, de pilhas, de alguma coisa cuja inércia convidava a uma expedição. Alguém teria dito que ali moravam noivas e ciganas requintadas. Seriam noivas e ciganas esquecidas e aprisionadas em algum baú?

Senhorias da arca, deu-se o apaixonamento! Os vestidos pularam para seus corpos em movimento. Estavam ciganosamente noivas de si mesmas ou esplendorosamente ciganas desobrigavam-se noivas? Casavam-se com a liberdade de viajar no túnel onírico, sem fantasmas, sem pudores. Vulneráveis ao arroubamento, eram céu na terra! Assumiam gestos e trejeitos com tamanha intimidade como se delas fossem de fato. Apogeu de véus, de deusas, de filhas da lua e divas, doidas, devotas, distraídas de si mesmas.

Até que o feito, entre cadeiras, banheira e lavabo daquele quarto abarrotado, desfez-se em uma hora do tempo dos homens. O que não se sabe é se as ciganas e noivas adormeceram...

Um perfume de jasmim ainda viola cortinas, perturba os cantos e s coisas. As coisas e os cantos, refúgio de murmúrios silenciosos.

Outro vinho jorrou em taças pelas mãos das quatro mulheres no varandão. Elas só se lembravam que ainda não haviam cantado os parabéns. Nenhum dos homens deu falta delas, menos o aniversariante:

– Adorei o bolo que trouxeram lá da cozinha. Foi alguma de vocês, a confeiteira?

Ali, ninguém sabia onde ficava a cozinha. Mas ouvi dizer que o baú desapareceu.

Caipirinha de tangerina digital

Como a vida passa, mas agora, não posso calar!
Carlos Drummond de Andrade

A tarde caía pingando de sol exigindo um pé na rua. Doideira gastar um sábado de carnaval em sofá quente e TV na reprise. Se a folia mingou, Maria não. Estava feito. Shortinho e regata de malhar, tênis e cabelos presos, desceu ladeira. Acelerou passo botando fé na gastança de calorias da caipirinha toda serelepe no bar da esquina. Ninguém, a não ser outra moça sozinha no canto oposto.

Maria cumprimentava eufórica os garçons como amigos de infância. Empilhou conversas não ditas fazia tempo, num adiamento de dar dó. Já estava fã daquela tarde. Desfiaram um beabá de prosa sem toque, mas tinha olho no olho, giro de gestos que fabricavam um deslocamento de ar de verdade. Não mais aquela paradeza de tela plana, picotando fala e desfocando um corar de face. Maria deu um perdido no habitué virtual. Enquanto os garçons rodopiavam bandejas, e socavam a tangerina com a cachaça, o aroma alcançava baratinho quem mais chegasse. Mas para a mesa do canto, bastam a moça e seu celular.

E teclava por longos intervalos, mas não sorria comprido, a moça da mesa do canto. Nada escolhia pra bebericar. Também não sobrava dedos pra levantar uma taça. Absorta, refém das polpas digitais, volteava o pescoço em câmera lenta como quem quer destravar uma vértebra cervical (conheço bem a dor da má postura, mas no meu caso é a lombar que chia). Seria aquele um pescoço tecnológico ou uma doída dor de amor? Dessas que vão craquelando a leveza da gente e tecendo uma couraça de músculos rígidos... talvez.

– Ei, moça do canto de mesa, não quer desistir desse amor sem natureza? Aposto que nem te ofereceu um drink de fruta cheirosa.

Maria levanta um brinde e a moça – na desfaçatez – abaixa a cabeça. Maria desfila alegria de um bloco de rua e a moça derrama a solidão de um estandarte no chão.

– Ei, moça da mesa sem canto, por que não dedilha um convite à Maria? Pode ser pra João, ou esse aí invisível, mas despeje um sorriso não digitado. Tô pra dizer que gastar esmalte da ponta de unha com quem não te dá trela, não vale a tela teclada. Não vale a cervicalgia. Bem-vinda à cadeira estendida. Aqui o tempo é analógico, não se armazena na nuvem.

Quando a moça deixou o canto da mesa, esqueceu o celular.

Vi o garçom preparar duas caipis.

Abraço de árvore

Você me abre seus braços
E a gente faz um país
Marina Lima e Antonio Cícero Lima

Árvores exercem um fascínio sobre mim. São tão diferentes dentro da mesma espécie, como nós mesmos. Até quando perdem suas folhas e flores, o viço da primavera, a hora e a vez... morrem daquela estampa, mas não da nova estreia. Elas têm uma esquisitice de não se aborrecerem por pouco. Se estão com a corda na garganta, entortam tronco, dão uma apertura na cabeleira, mas vingam de novo em coração aberto. E abrem seus braços...

Mangueiras me deram pezinho na infância. Eu subia traquina e ficava lá. Ou cá de baixo sacudia os galhos mais leves pra fazer chuva de manga. Nem ligava pra tanto fiapo agarrado nos dentes. Manga era merenda benfazeja. Pitanga também. Tinha uma pitangueira solitária e graúda bem de frente ao tanque-piscina que vovô mandou fazer pra gente. Parecia uma árvore de Natal de tanta bolotinha vermelhuda e brilhante. Mas ainda concorriam as jaboticabeiras. Grandalhonas emendavam copas com seus galhos longos feito mãos de pianista a alcançar escalas graves e agudas. E ploc! Eu me enchia de nódoa. Por isso, roupa de criança que cresce em horta é encardida, caramujenta.

Hoje, eu estava dançando na mesma praça, aquela de flores amigas. Perco o passo vez por outra por causa delas. O professor anuncia mudança de passo. Deixo meu inconsciente se virar com o que seria direita ou esquerda, mas não travo combate com meu espírito verde.

Mês de agosto chega esbanjando ipês de cachos gordos de um amarelo puro feito ouro. Sem folhas. Só flores com queda pra tapete. Mais lindo olhar para o céu ou para o chão? Não sei, porque é cena de cinema ou de aquarela de museu e ao mesmo tempo reais. E balançam os braços...
Árvores exercem um fascínio sobre mim. São iguais pra quem passa na calçada, como nós mesmos. Até quando são podadas com serras para não incomodarem rede elétrica ou janelas, muros e outros patrimônios humanos. Elas têm uma esquisitice de não se aborrecerem por pouco. Se lhes deixam a raiz, seiva nutre e da rocha mal encharcada brotam. Faz apontar ramo tenro, que nem passarinho no ninho, mas vingam em coração aberto.

Patas de vaca, gameleiras. Tipuanas, quaresmeiras. De flor ou de sombra. De mata ou de asfalto. Casa-abrigo, refúgio, respiro e respingo de cor. Cada uma devia ter seu RG, assim como eu e você.

E nunca negarmos um abraço!

Abraço de árvore.

Com ajuda dos deuses

*Não pensa mais no que será amanhã,
não pensa mais no que veio antes
Só pensa naquilo que não termina*
Sá e Guarabyra

A sala de espera não tinha graça nenhuma. O mesmo do mesmo em se tratando de laboratórios de análises clínicas e imagem. Eu sentada numa cadeira padrão observava uma mulher bonita que me lembrava Glenn Close de frente para mim. Incomodadas com o atraso para sermos chamadas – aliás, ninguém mais dava o ar da graça – começamos a conversar.

Um sem número de amizades começa assim. Aquela foi a primeira que eu construí em São Paulo por iniciativa e prerrogativa. Parecíamos regular a idade, o exame, a insatisfação do atendimento e, o mais atrativo dos quesitos de rapport imediato: a mineirice descoberta de bate-pronto. Ela, do triângulo e eu da capital. Saímos dali com telefones anotados em papel perdido na bolsa (nenhum celular, acredito piamente que nossas chances aumentaram por conta disso).

Uma coisa me fez guardar com cuidado aquele papelzinho. Captei que ela gostava de café e cinema. Arte e jardinagem. Fã do me-chama-que-eu-vou sem salamaleques. Não demorou para que eu desamassasse o apontamento enfiado na carteira e a chamasse para o primeiro encontro marcado (por mim, o outro foi por Deus).

Shopping Santa Cruz. Café. Holambra. Flores. Cineminha. Bertioga. Exposição. ClearSale. Aula de pintura em tempo real. Cineminha. Aniversário. Pizzaria. Casa de uma. Mesa e prosa. Pizzaria. Casa de outra. Prosa e mesa. Casa de mãe. Cachacinha e mais prosa. Presente de Natal. E mais café, mais café... café com ela!

Acho que falo mais. Ela me escuta e faz arremates. Impressiona-me a síntese. Sabe juntar as pontas das minhas intermináveis histórias sem deixar avesso. Os pontos não se soltam.

Já são quinze anos de costura. Passamos por perdas, pedras, pandemia, partidas, parêntesis de tempo e zap. Mas semente plantada brota com chuvisco. Toda vez que vem, tá verde, viçosa, vertendo vida. E a semeadura se espalha na multiplicação de novas amigas. Mulher tem disso. Gosta de pencas. Neu me apresenta um braço de viajandeiras, outro de cinéfilas, outro que veio do tempo de banco e que, numa mistura homogênea, ficam todas parecidas: querem estar ali, porque acham que podem gostar de fincar o pé no dia e voltar pra casa com alguma memória nova, colecionável. Bingo pra todas que jogam as justificativas pra não irem a algum lugar para trás de si!

As sessões de cinema voltaram a todo vapor. Ela escolhe um filme por semana. Os gêneros se alternam sem favoritismo.

Outro dia, assistimos a um filme duro de ver. Triste, escuro, comprido. Uma tortura. Na saída, os comentários jaziam num silêncio emparedado. Pausa reflexiva voluntária. Perguntei, amortalhada, sobre o que achara. Já sabia que ela faz apostas diversificadas, sem se importar com críticas, estilos, temas e, simplesmente, nos convida.

– A curiosidade me trouxe. A você, não?

Não preciso dizer o que aprendo com Neusa.

Pai morador

Escada minha, eu me espelho em ti
Também não sei onde me levam os meus degraus
Tuquinha Miranda

Meu pai gostava de dizer que havia nascido num sete de setembro. Independente de berço. Era de um ir e vir que só. Tudo tinha aquele "ali de mineiro". Não esquentava cadeira. Lenha na fogueira que o almoço tá saíndo... Um quinteto de filhos. Em cada ponta da estrela, fincou um pouco de si.

– Dedei! – me chamava. Você tá complicando, enrola o biscoito bem grande, que já deixa o povo satisfeito na largada! Não gostava de festa, nem de dia de pai, mas era pai de todo dia. Fartura de mesa e agradinhos. Puxei. Não chegava em casa de filha sem flores, um queijo e doces em calda. Tampouco eu. Não bastasse... pé de moleque, farinha tostada, cachaça de cabeceira e marmelada. Pai-formiga-carregadeira que nem o Dinho, meu irmão. Virou fazendeiro, gosto por mato, luarada, pirilampo. Boiada rendendo, mãos pra cozinha e pra lida, cansa não. Dinho não tem hora pra chegar, mas quando vem, derrama um choro comprido abraçado com molho polpudo de manjericão e ora-pro-nobis; banana de beira de estrada e aquela abastança de queijin, feito por ele! Penduro seu boné puído, enquanto me lembro do chapéu de palha surrado de nosso pai...

Pai de tino, visão de negócios, flechava no alvo. Deixou o arco para Eliana. Essa irmã é artilheira graúda, mignon de tamanho. Não de olhos. Bem azuis, azula a vida da gente. Toma frente resolvendo, amplia, reduz, refaz. Se Eliana põe o dedo, a solução aparece. Fica pr'outro dia, não! Porta aquele palpite ouro de lince de seu traço-pai. E se cobre mais dele na delicadeza: chegam-me rendas, toalhas bordadas e toda sorte de lembranças de viagem muito bem arranjadinhas com laçarote, flores e bilhetinhos. Nem vou balbuciar baixinho um desejo, pois o condão de preencher vontades, a fada madrinha herdou.

Pai ligeiro, impaciente e prático, que nem Rushinha, a caçula. Ela, a Ana Lúcia, chega saindo. Natal começa acabando, embrulha presente na frente da gente, até em folha de jornal e fita amassada do ano passado. Só não passa o carinho. Carinho não morna, não mina, não mia. Pra esse não tem afobação, fervença, descrença.

– Vai coando café que eu tô chegando! Anuncia a dois quilômetros como se a pressa a esperasse na porta... mas seus ouvidos são água de lago, acolhem falas de família decantando conflitos, até que a panela apite e a conversa fique pra depois. Rushinha cozinha no toca-toca, ele não. Arruma mesa no zás-trás, ele sim. Entre um sim e um não, a profilaxia é restauradora, antipirética. Já desenformei o pudim – vai que ela já deixou carro esfriando...

Pai desprendido, de olhar simples que nem o Zé, irmão do meio. Acho até que o Zé vestiu-se do pai que ele via. Só ele. Não era a roupa que fazia o homem. Viver era mais! Zé foi um anjo de túnica rota, de pouca demorança, tanto que bateu asas cedo lá pro céu.

Tanto de ti me abastece, pai, e me arrefece em cada irmão. Pai morador é sol que desmancha no monte, mas me acorda todo dia:

– Café tá pronto? Bota o manjericão pra beber água, vou ali e já volto! Ah, no samburá tem de comer. E essa flor-de-lis é pra você!

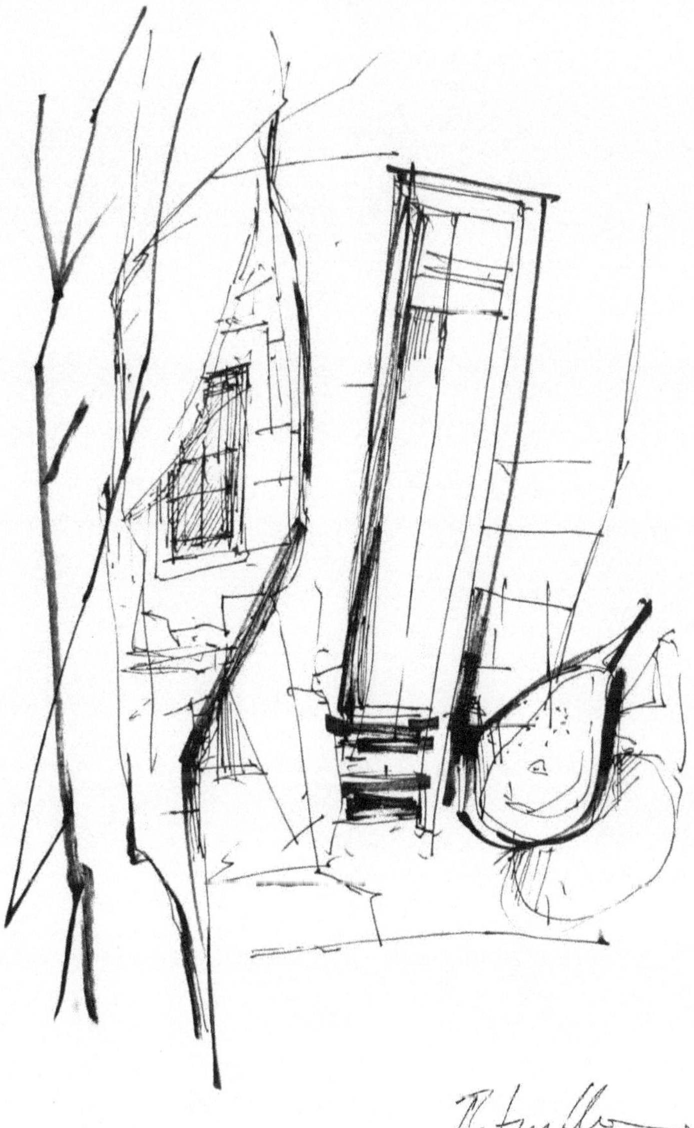

Posfácio

A autora além da prosa

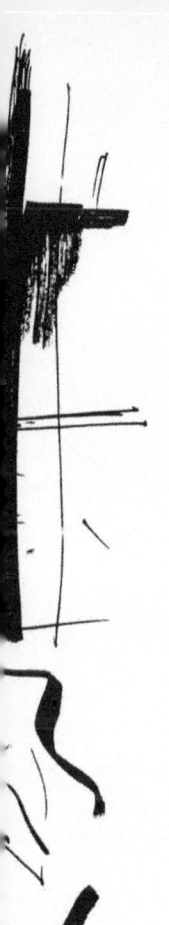

Maria Iris Lo-Buono Moreira,

---

mineira de BH, mãe de Luiz Gustavo (BII) e Raquel (JF), graduou-se médica pela UFMG em 1984.

No aperfeiçoamento do contato com clientes tornou-se International Trainer em Programação Neurolinguística pelo Southern Institute de PNL, da Florida (Málaga, Espanha - 1997, Aix-Les Bains, França - 1998 e San Sebastian, Espanha - 2000) em Aplicações Avançadas em Negócios, Terapia e Educação. Em 2004, voltou à UFMG para se especializar em Neurociências e Comportamento.

Viveu vinte e dois anos em Juiz de Fora, MG, onde se dedicou à consultoria em Modelagem de Estratégias Cognitivas e orientação de profissionais, empresas e seus segmentos, em busca da excelência comportamental no falar em público, negociações, coaching ou em certificações licenciadas em PNL.

Em São Paulo, desde 2008, coordenou a área de Comunicação da empresa ClearSale, quando escreveu o livro institucional A ClearSale tem um segredo sobre gestão através das pessoas (2012).

Desde 2014 devota-se ao coaching psicoterápico e à escrita.

- irisbuono.com
- iris.buono@gmail.com
- @coachingfalarempublico
- @dra.irisbuono
- Iris Buono
- @irislobuono

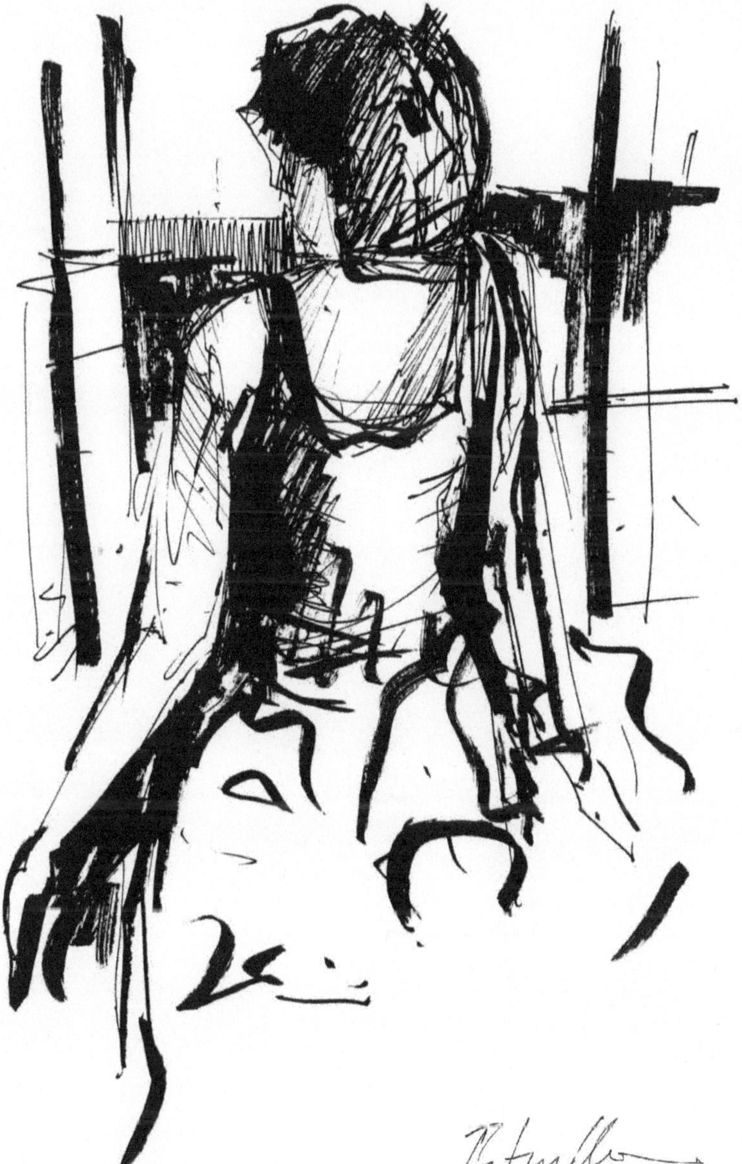

José Augusto Petrillo de Lacerda

é Artista Visual e Professor de Desenho, Aquarela e Estudo da Forma 1 e ll da Faculdade de Arquitetura, Design de Interiores da UniAcademia, em Juiz de Fora (MG).

Visite o site e a rede social, e conheça mais de sua obra.

petrillo.com.br
@petrillo

Este livro foi escrito e produzido por
INTELIGÊNCIA HUMANA NATURAL (IHN)

livro composto usando fontes
das famílias Postmark e Bookmania
e impresso no verão de 2024